KB275287

'흔들림'의 철학

'흔들림'의 철학

이현미(자림) 지음

"나는 지금 어떤 상태인가?"에 대한 해답 찾기

상담 현장에서 많은 사람을 만나며 한 가지 분명하게 알게 된 사실이 있습니다. 가족 문제로 상담실을 찾는 분들 대부분이, 사실은 가족보다 자기 삶의 중심을 잃어버린 상태에 놓여 있다는 점입니다.

이 책은 저자가 15년간 숲 속에서 아이들과 함께 하며, 나무와 꽃의 성장을 지켜보면서 터득한 삶의 지혜를 가득 담고 있습니다. 이같은 자연과 아이들의 변화와 성장의 과정에 대한 통찰을 통해서 중년의 삶과 전환기의 삶에 적용할 지혜와 성찰을 얻어낸 이야기가 흥미롭게 전개됩니다. 숲속의 사유 과정이 윤슬처럼 반짝이며 온기를 전해 줍니다.

저도 40대 중반에 "인생의 하프 타임인데, 나는 지금 잘 살고 있는가?"라는 질문 앞에서 고뇌한 적이 있습니다. 누구라도 "나는 어떤 상태인가, 나는 지금 어떤 어른으로 살아가고 있는가?"라고 물으며 흔들리는 지점이 있습니다. 그런 질문 속에서 답을 찾아가는 진솔한 삶의 이야기가 이 책의 행간마다 스며 있습니다.

이 책을 덮은 뒤에도 "나는 지금 어떤 상태이며 내 사유의 뿌리는 견고한가?"라는 질문을 되뇌게 만듭니다. 중년의 흔들림을 이겨내고 이후의 삶을 새롭게 만들고 싶을 때, 이 책은 좋은 길잡이가 되어 줄 것이라고 확신합니다.

김미혜 박사(Ph.D)
· 『보통의 가족이 가장 무섭다』 『인사이트 리스닝』 저자
· 행복한가족상담센터 대표
· 현실치료상담전문가

삶을 차분히 돌아보도록 안내하는 다정한 가이드

신호와 소음 가득한 세계에서 살아오다 불현듯 고요와 마주했을 때, 우리는 종종 텅 빈 자신을 발견하게 됩니다. 고요 속, 뜻하지 않은 흔들림…. 그것은 마치 텅 빈 '존재'가 뿌리 내린 깊숙한 '내면'에게 보내는 신호 같습니다.

이 책은 그 신호를 읽는 법에 관한 책입니다. 봄·여름·가을·겨울, 계절마다 나무의 모습은 바뀌어도 뿌리는 변하지 않습니다. 하지만 우리, 사람은 어떻습니까? 높이 오르는 일에만 골몰하다 정작 발아래 자기 뿌리가 타들어 가는 것도 모르고 살아갑니다. 저자 역시 건강을 잃고 나서야 그런 자신을 온전히 바라보는 경험을 합니다.

이러한 흔들림을 피해 갈 수는 없지만, 때때로 찾아오는 흔들림은 균열만이 아니라 동시에 균형을 다시 회복하려는 본능적인 자기 구원의 기회이기도 합니다.

이 책은 겨울(생애기획)에서 출발해 봄(관계의 정원), 여름(경험과 성장)을 거쳐 집짓기, 스토리텔링, 내면의 길로 나아갑니다. 관계의 지혜와 가족, 그리고 중년의 재설계와 성장 마인드셋으로 이어지는 구조는 에세이라기보다 삶을 차분히 돌아보고 점검하도록 안내하는 다정한 가이드북에 가깝습니다.

각 장에 '철학적 질문'과 '일상의 작은 실천'을 함께 제시한 점도 흥미롭습니다. 질문이 먼저 오고, 그 질문으로 일상을 다시 해석하게 만드는 방식입니다. '흔들림'이라는 현상을 감상이 아니라 작동으로 바꾸려는 저자의 의도가 여기저기서 보입니다.

저자는 '피동에서 선택'으로, '무엇 때문에'가 아니라 '무엇을 위하여'라고 물을 때 삶의 감각이 달라진다고 합니다. 저자가 제시하는 첫 번째 관점 전환입니다. '살기 위해 한다'는 방편으로써 삶을 변명하려는 시도 대신, '두엇을 위하여'라고 존재를 향해 질문할 때 삶은 능동적이고 존엄한 방향으로 나아간다는 것입니다. 이러한 관점 전환은 인사 한마디에도 성의를 담고, 자신의 일상에 의미를 부여하는 방식으로 구현됩니다.

두 번째 질문은 '무엇을 돕고자'입니다. 저자는 아이들이 아픈 생명과 동료를 돕는 장면을 목격하고, 그것이 단지 착한 마음이 아니라 공생의 질서, 존재의 근본 원리와 닿아 있다고 해석합니다. "저분은 무엇을 돕고자 하는 걸까?" 하고 묻는 순간, 대립했던 타인의 진심이 보이기 시작했다는 사례는 관계 해결을 넘어 상대의 시선으로 세계를 바라보는 해석의 태도를 제안합니다.

9장에 나오는 '거래와 기여'에 관한 이야기는 흥미로운 분기점입니다. 저자는 삶을 셈과 나눔의 연속으로 정의하며, 거래를 교환의 자리로, 기여를 삶의 무게를 함께 나누는 연대로 구분합니다. 그리고 중년에게는 차츰 '기여와 보람'의 세계로 난 그 문을 열어봐도 좋다는 메시지를 건넵니다.

이 책의 마지막에 이르러 저자는 실패와 실수를 성장의 과정으로 받아들이고, 시련을 장애물이 아니라 필요한 단계로 인식하자고 말합니다. 이때의 흔들림은 성숙으로 나아가는 삶의 통과의례가 됩니다. 저자 자신도 여전히 완성되지 않았고 흔들린다는 것입니다. 하지만, 더는 이 흔들림이 두렵지는 않다고 말합니다. 흔들림이 곧 성장의 과정임을 알기 때문입니다. 벚꽃은 채 일주일을 못 피어 있지만, 속 뿌리는 계속 자랍니다. 꽃이 피고 지기를 반복하는 것이 나무의 본질은 아닙니다. 보이지 않는 그 뿌리를 키우는 일이 핵심이라는 선언이야말로 이 책의 전체를 압축하는 메시지라 할 것입니다. 그 가운데 '무엇을 위하여'와 '무엇을 돕고자'라는 질문은 중년의 흔들리는 시선을 전환하여 삶을 돌아보게 만드는 강력한 질문입니다.

이 책은 중년을 '화려하지 않지만 깊이 있게, 급하지 않지만 확실하게' 맞이해야 할 봄으로 설명하고자 합니다. 삶의 중심을 역할에서 존재로, 성취에서 의미로, 고립에서 연결로, 거래에서 기여로 차분히 옮겨 심는 일… 흔들린다는 것은, '삶'을 옮겨 심는 진실하고 건강한 통증일 것입니다.

이정훈
• 〈책과강연〉 대표기획자

존재 본연의 의미와 방식에 대해 사유

이 책의 저자는 숲속학교에서 15년간 학생들의 자람 도우미로 참여하면서 자신이 체험하고 느끼며 생각한 것을 독백하듯 차분한 어조로 서술한다. 전체를 포괄하는 주제는 '인간의 성장'이라 할 수 있겠지만 서술의 핵심은 인간 존재와 삶의 본질적이고 깊은 맥락을 짚어가며 중년기의 인간 존재를 고찰하는 것이다.

책의 내용 자체는 저자가 숲속학교 교육프로그램 기획 및 참여 과정을 통해 깨닫고 체득한 자연으로부터의 배움, 그리고 그에 근거해서 인간의 본질적 모습의 회복을 성찰하는 것으로 구성되어 있다. 자연 친화적으로 성장하는 학생들의 배움 과정에 협동적으로 동참한 본인의 경험을 바탕으로 인간 이해와 삶의 본질 및 지향에 대한 자신의 견해를 담담하면서도 설득력 있는 표현으로 풀어나간다.

의식의 흐름에 따라 다소 혼합적으로 연결해 서술·전개되는 책의 내용은 문맥상 몇 가지로 구분될 수 있다. 먼저, 땀을 흘려 흙을 만지고, 식물과 대화하며, 실패를 경험하고 다시 일어서는 과정에 대한 것으로 저자가 자연에서 직접 체험하고 터득한 지혜이다.

인간은 자신을 비우고 다른 생명체들과 상호작용하며 공존해야 한다는 깨달음, 자연은 나를 변화시키는 진정한 타자라는 생각, 모든 생명은 어떤 조건에서도 자기 고유의 방식으로 살아남아 아름다움을 창조한다는 통찰, 기다리는 시간의 의미 그리고 더불어 살아가는 삶의 지혜는 오로지 자연 속에서 그리고 자연을 통해 체득할 때 가능하게 된다.

이러한 사유는 저자가 참여한 숲속학교는 물론 대안교육을 하는 모든 교육기관에 공통적으로 스며있는 사상적 기반과 상통한다. 20세기 초 청소년을 물질 지배의 성인세계로 몰아가던 권위적 교육이나 교수방법을 거부하면서 그들이 지식과 사회적 성취에 매몰되지 않고, 자신의 존재와 삶을 새롭게 느끼며, 세대 간의 관계 및 공동체를 생생하게 체험하도록 이끌려던 서구의 대안교육운동에도 이러한 정신이 깃들어 있다.

그러나 저자의 관심은 여기에 머물지 않는다. 자신의 자연체험과 자람 도우미 활동에서 영글은 생각과 관점을 스스로의 표현대로 '존재론적 전환'을 통해 인본주의적 인간관과 연결하여 전개하고 있다. "무엇을 위해 살고 존재하는가?"라는 질문을 하면서 고유하고 대체 불가능한 '나'를 실현해가는 과정으로서의 성장을 주시하고 인간의 현존이란 언제나 다른 사람들과 생동적으로 공존하는 형태임을 은연중에 제시한다.

자연을 마주하며 진행된 다양한 활동을 통해 형성된 생명체와 존재에 대한 성찰은 나름의 추상화 및 개념화 과정을 거치며 고유한 개별성, 지속적 자기 도약, 상호 존중 및 존엄성 그리고 협동과 연대의식으로 그 지평을 확장한다. 이런 점에서 저자는 자연 속에서의 대안교육이나 성장세대를 위한 참교육에 국한된 생각과 서술을 넘어 세대를 초월하는 존재 본연의 의미와 방식에 대해 사유한다. 인본주의적 인간관에서 교육의 궁극적 목표란 각각의 인간이 고유한 주체성을 형성케 돕는 것으로 이는 지식의 축적이나 사회적 명망의 획득과 구분될 뿐만 아니라 그 무엇에 의해서도 제약받을 수 없는 인권과 연결된다.

인간 존재의 본질과 특성이 반영된 저자의 사유는 최종적으로 자기 자신에 대한 근본적 질문들을 미뤄가며 살다가 제2의 사춘기에 들어서서 정체성 문제에 봉착하는 중년들을 향한다. 내면적 성장과 성숙을 제대로 거치지 못한 채 앞만 보고 달려왔던 중년들이 망각된 내면의 자아를 찾아나서야 한다는 것이다. 개별적 존재에게서 삶의 진정한 힘은 스스로 자신의 내면 깊은 곳을 직면해야 비로소 가능해지고 또 그래야 타인의 다름을 존중하며 나답게 살아갈 수 있기 때문이다.

이제 유예되었던 본연의 자아를 재확립해 온전한 성인으로 거듭날 필요가 있다. 청소년기의 인간이 자신의 꿈을 찾아가며 낯선 경험을 하고 관계와 공존을 깨달아 성장하는 것과 마찬가지로 중년들도 스스로 질문하고 표현하면서 자신의 내면을 돌봐야 한다. 그래야 서로 존중하고 배려하는 가족문화의 형성이 가능해지며 상생하는 사회공동체의 책임성 있는 일원으로서의 성숙한 어른의 삶 또한 가능하게 된다. 이는 존재의 위기에 봉착한 중년들이 사회적 존재로서의 나에 병행하여 인격적 존재로서 또 다른 나를 대면해야 한다는 절박한 호소이다.

언뜻 보기에 적잖은 단원 구성과 세분화된 내용 목차로 인해 청소년기의 성장과 고유한 삶의 형성에 관여한 다양한 주제들이 혼합적으로 펼쳐진 것 같지만, 찬찬히 읽다보면 서술의 핵심은 성장세대가 아니라 인간 본연의 존재성에 대한 섬세한 사유 및 중년기의 사람이다.

저자의 명백한 관심은 역동적 한국 사회에서 자신을 성찰할 여유 없이 쫓기며 입시교육과 사회적 성공에 몰입해야 했던 중년기의 사람들을 향한다. 저자 자신이 살아온 시간을 회상하는 듯 은은하고 따뜻한 표현으로 중년기의 사람들에게 존재와 삶의 진수를 제안한다.

이제 그들은 자연에 따라 본성적으로 주어진 내면의 본분

인 고유한 개별성을 확립하고 다른 인간에 대한 책임의식을
추구하는 존재로의 전향을 꿈꿔야 한다.

정영근
· 상명대학교 교육학과 명예교수

Contents

차례

Chapter 1

겨울, 생애 기획: 삶의 중심세우기

Chapter 2

봄, 정원 프로젝트 수업: 관계의 정원

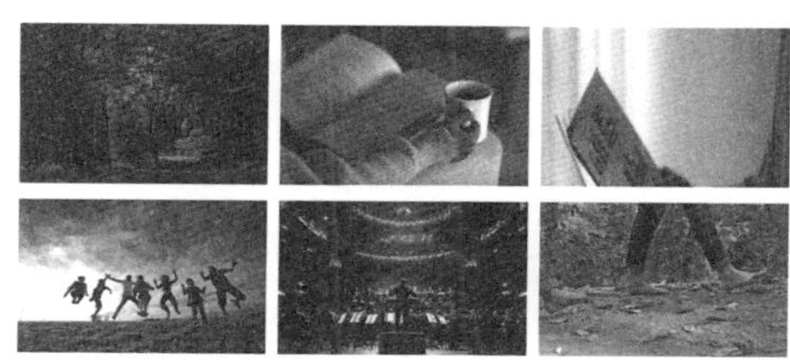

Contents

차례

Chapter 8
가족과 가정, 성숙한 삶

Chapter 9
한 차원 다른 삶의 시선

Contents

차례

나의 중심잡기부터 시작해 보자

봄이 열리고 있습니다. 숲속의 벚꽃나무들이 화사하게 우리를 반겨주고, 또 다른 나무들엔 작은 움틈들로 생명력을 보여주고 있는 계절이지요. 15년째 이 숲에서 아이들과 함께 살아오면서, 매년 맞는 봄이지만 올해는 유독 다르게 느껴집니다.

문득 깨닫습니다. 나는 지금까지 꽃만 보고 살았구나. 화려한 꽃잎에 취해 정작 그 꽃을 피워낸 뿌리의 존재를 잊고 살았구나. 중년이 되어서야 비로소 보이는 것들이 있습니다. 땅 밑 깊숙한 곳에서 묵묵히 자신의 몫을 다하고 있는 것들

말이지요.

저는 두 가지 이유로 이 글을 쓰게 되었어요. 첫 번째는 지난 해 어느 저녁에 겪었던 경험 덕분이었습니다. 고요한 밤 숲 길을 걸으며 하루를 정리하고 있는데, 느닷없이 깊은 고요가 밀려왔어요. 그런데 이상했습니다. 그 고요함이 평안을 주는 대신 오히려 제 마음을 소란스럽게 만드는 것이었지요. 마치 오랫동안 소음에 익숙해진 귀가 갑작스런 침묵을 견디지 못하는 것처럼요.

나는 언제부터인가 바쁨이라는 일상의 소음에 나 자신의 목소리를 가려왔구나. 선생님으로서, 어른으로서, 커뮤니티의 일원으로서 해야 할 일들에 매몰되어 정작 '나'라는 존재의 목소리는 듣지 못하고 살았구나 하는 것을요.

이것은 개인적 깨달음이 아니라, 우리 시대 중년들이 마주한 실존적 질문이기도 할 겁니다. 우리는 언제부터 '역할'과 '존재'를 동일시하게 되었을까요? 언제부터 내가 하는 일이 곧 내가 누구인지를 결정하게 되었을까요? 15년간 숲에서 살면서 자연의 순환을 지켜보았습니다. 나무들은 계절마다 다른 모습을 보여주지만, 그 변화의 중심에는 늘 변하지 않는 '뿌리'가 있었어요. 봄에 꽃을 피우고, 여름에 그늘을 만들고, 가을에 열매를 맺고, 겨울에 휴식을 취하지만, 그 모든 역할의 근본에는 뿌리라는 본질이 있었던 것이지요.

그런데 우리의 삶은 어떠한가요? 어느 새 뿌리는 돌보지 않은 채 열매만 맺으려 애썼던 것은 아닌지요. 개인적 성장과 사회적 역할 사이의 균형. 존재와 기능 사이의 균형. 그동안 저는 기능에만 충실하려 했던 것 같았어요. 아이들의 성장을 돕는 것, 커뮤니티와 세상에 도움이 되는 것, 주변 사람들의 기대에 부응하려는 것. 어느 새 꿈을 낳은 뿌리에서 출발한 것들이 당위에 머물게 되면서 정작 나 자신이라는 뿌리는 메말라가고 있었던 것을 보았어요.

두 번째 동기는 제 자신에게서 발견한, 아프지만 중요한 깨달음이었어요. 몇 해 전 겨울, 몸져누워야 했던 일이 있었습니다. 그때까지 저는 스스로를 아이들과 커뮤니티를 위해 헌신하는 선생님이라고 생각했어요. 이른 새벽에 일어나 울력을 함께 하고, 온 종일 수업과 상담에 매달리고, 밤늦게까지 커뮤니티 일을 처리했지요. 쉬는 날에도 아이들을 위한 프로그램을 기획하고, 학부모들과 상담하느라 정신없이 보냈어요. 그런 제 모습이 좋았고 뿌듯하기도 했어요.

그런데 막상 몸이 아파 꼼짝 할 수 없게 되자, 커뮤니티에 도움이 되지 못하는 '나는 누구인가?' 그런 생각이 들었고 그런 시간이 견딜 수 없을 만큼 무의미하게 느껴졌어요.

나는 언제부터인가 '무엇을 하는 사람'이 되기 위해 '누구인 사람'이기를 포기해왔던 게 아닌가 하는 생각을 하게 되었어요. 역할이 정체성을 완전히 잠식해버렸던 것이지요. 빈 그릇이 되어버린 거 같았어요. 빈 그릇으로는 나누어 줄 수가 없는데 말이지요.

숲속에서 아이들과 함께 하면서 늘 하던 질문이 있었어요. "너는 누구니? 무엇이 좋니? 어떻게 살고 싶니?" 처음엔 대답하지 못하던 아이들이 시간이 지나니 자신만의 답을 스스로 찾아가더군요. 냉소적이고 조용하던 아이는 어느새 손을 번쩍번쩍 들면서 수업을 주도하는 아이가 되었고, 느리고 활기가 없었던 아이는 동물들에 진심인 모습에서 꿈을 발견하며 의욕적인 일상으로 변화를 보여주었어요.
그런데 신기한 것은 아이들이 자신만의 무언가를 발견할 때면 얼굴에 맑은 빛이 떠오른다는것입니다. 마치 오랫동안 꺼져있던 등불이 다시 켜지는 것 같은 순간들이었어요.

그 과정에서 중요한 것은 경험해보는 것이었습니다. 머리로만 생각하는 것이 아니라 실제로 시도해보고, 실패도 해보고, 그를 통해 진정한 자신을 발견해가는 것이었지요. 자연은 그런 실험의 장을 무한히 제공해주었습니다.

자기 발견이란 거창한 계시나 순간적인 깨달음이 아니라, 작은 시도들을 축적해가는 것이었습니다. 매일매일의 작은 선택들, 작은 용기들이 쌓이며 결국 '나'라는 존재를 조각해간다는 것을 알았어요.

이런 과정이 중년의 우리에게도 필요하다고 생각합니다. 아니, 어쩌면 중년이기 때문에 더욱 절실한 것인지도 모르겠어요. 우리는 이미 많은 것을 잃어버렸기 때문에 말이지요. 젊음도, 무한한 가능성에 대한 믿음도, 실패를 두려워하지 않던 용기도. 하지만 동시에 우리는 많은 것을 얻기도 했습니다. 경험 속에서 얻어진 지혜, 진정한 내면의 물음, 관계 자산 등이요.

어쩌다 우리는 도전을 주저하게 되었을까요? 주저함에는 '자책'이라는 감정이 가장 큰 것 같아요. '내가 할 수 있겠어?' '아이들도 돌봐야 하는데 개인적인 욕심을 부려도 되나?' 이런 생각들이 우리를 옭아맵니다.

15년, 짧지 않은 세월을 숲속에서 살면서 깨달았습니다. 자연에는 늦음이 없다는 것을요. 백 년 된 느티나무도 봄이 오면 여린 새순을 틔우고, 겨울을 견딘 풀들도 다시 푸르게 돋아납니다. 놀라운 것은 오래된 나무일수록 더 깊은 뿌리를 가지고 있다는 사실이었지요. 이처럼 나이가 든다는 것은 가능성이 줄어드는 것이 아니라, 오히려 깊고 튼튼한 뿌리를 바탕으로 새로운 생명을 꽃 피울 가능성을 가지고 있고, 보다 많은 생명을 아우르게 된다는 사실에 눈을 떴습니다.

제가 출근길을 '걷기'로 한 적이 있었어요. 매일 숲길을 걸으며 사진도 찍었어요. 무심히 지나던 길에서 아름답게 들려오는 새소리들을 들을 수 있었어요. 처음에는 '새'였던 것이 '박새'가 되고 뻐꾸기가 되고, 딱새가 되고, 붉은머리오목눈이가 되었어요. 나무들도 다채롭게 보게 되었어요. '나무'에서 '참나무' '소나무' '자작나무' '산딸나무' '산수유' 등등. 몇 달이 지나자, 같은 숲이지만 보이는 것들이 달라지고 있었지요. 이런 변화는 단순히 지식의 축적이 아니었어요. 저는 숲에 대한 관심과 애정이 깊어졌고 숲과 정겨운 벗이 되었어요.

더욱 놀라운 점은 세상을 보는 새로운 눈을 얻고 있었던 것
이에요. 이것이 제가 경험한 '경험과 실천의 힘'입니다. 거창
한 계획이 아니라 작게 시작해서 꾸준히 하는 것, 하루 50분
의 시간을 통해 결국 제가 아주 새로운 것을 만들 수 있다는
것을 깨달았어요. 그리고 더 중요한 것은 이런 변화가 제게
만 머물지 않았다는 점입니다. 보이지 않게 주변에도 영향
을 미치게 되는 거지요. 자연과 가까워지면서 가지는 여유
와 애정, 그리고 어렵게만 느껴졌던 길고 높은 언덕길을 넘
으며 얻는 자신감과 성취감은 "해보면 된다"는 것을 느끼게
했어요. 비단 이것만이 아니겠지요.

저는 숲에서 배운 지혜를 바탕으로 해서 삶을 깊게 바라보
는 몇 가지 방법을 제안해보고 싶어요. 먼저 자신에게 질문
해 보는 거죠. 이때 중요한 것은 성급하게 답을 구하려 하지
않는 것입니다. 나무가 뿌리를 내리는 데 시간이 걸리듯, 자
기 발견도 시간이 필요합니다. '나는 언제 가장 살아있다고
느끼는가?' 이 질문을 하고 며칠 동안 그냥 내 생각을 관찰
해보아요. 답은 어렵지 않을 거에요. 풀내음을 맡을 때, 아이
들의 웃음소리를 들을 때, 사람들과 깊이있는 대화를 나눌
때 등등이 있겠지요. 그런 순간들을 조금씩 기록하고 늘려

가보세요.

그리고 자연의 리듬을 따라 작은 실험을 해보는 거예요. 자연은 급하지 않습니다. 봄에 피는 꽃도 겨울 동안 준비해온 것이고, 가을에 맺는 열매도 일 년 내내 공들인 결과지요. 우리도 마찬가지겠지요. 새로운 식물을 키워보거나, 산책로를 바꿔서 걸어보거나, 일출을 보는 시간을 보내보는 거에요. 결과에 집착하지 마시고 과정을 경험해보세요.

이런 경험들을 기록해보아도 좋습니다. '자연 일기'든 '감사 일기'든 형식은 상관없어요. 자신의 변화를 의식적으로 관찰하고 기록해보는 시간이 되는 겁니다. 글쓰기는 자기 발견의 도구예요. 써보면 생각이 정리되고, 감정이 명료해지고, 무엇보다 나 자신이 어떤 존재인지 조금씩 선명해집니다.

숲에서 아이들과 15년을 살아오면서 깨달은 무엇보다 큰 지혜는 '더불어 살기'의 힘입니다. 나무들은 혼자서 자라지 않지요. 서로의 뿌리가 얽히고 양분을 나누며 함께 숲을 이룹니다. 생물학자들은 이것을 '균근(菌根) 네트워크'라고 부르지요. 나무들이 지하에서 균류를 통해 서로 연결되어 정보와 영양분을 나누는 거대한 네트워크 말이지요. 우리 인생도 그런 것 같습니다. 혼자만의 성장이 아니라 관계 속에서, 커뮤니티 속에서 함께 자라는 것이지요. 그래서 진정한 자기 발견과 자기 성장은 이기적인 게 아니라 타인과 세상을 위한 기여로 이어진다는 것을 믿게 되었습니다.

여기서 중요한 것은 '진정성'입니다. 나무는 거짓으로 자랄 수 없어요. 조건이 맞지 않으면 자라지 않고, 영양분이 부족하면 시들어 버립니다. 우리의 성장도 마찬가지예요. 남의 기대에 맞추려 하거나, 사회적 성공의 기준에 맞추려 애쓰다 보면 결국 지쳐버리게 됩니다. 자신의 고유함을 잃어버리게 되지요. 중요한 것은 나 자신의 본성에 맞는 성장, 나만의 속도로 나만의 방향으로 자라는 것이랍니다.

저는 아직 완성되지 않았습니다. 여전히 흔들리고 넘어지기도 해요. 어떤 날은 모든 것이 막막하게 느껴지기도 하고, 어떤 날은 내가 과연 제대로 살고 있는 것인지 의심이 들기도 합니다. 하지만 이제는 그런 순간들을 두려워하지 않아요. 왜냐하면, 그것 역시 성장의 과정이라는 것을 알기 때문입니다. 겨울이 있어야 봄의 소중함을 알 수 있듯, 의심과 흔들림이 있어야 확신의 깊이를 알 수 있다는 생각이 듭니다.

벚꽃은 일주일 만에 지지만 뿌리는 계속 자랍니다. 보이지 않는 곳에서 묵묵히 자라나 내년에 다시 꽃을 피우지요. 그리고 해가 갈수록 그 뿌리는 더 깊어지고, 그 꽃은 더 아름다워집니다. 우리의 인생 또한 그렇다고 생각합니다. 지금 당장 결과가 보이지 않아도 괜찮아요. 남들이 알아주지 않아도 괜찮습니다. 중요한 것은 뿌리를 키우는 것, 나 자신이라는 존재를 깊고 튼튼하게 만들어가는 것이에요. 그리고 이렇게 초점을 잡아 실천해가고 있다면, 이미 그 안에 믿음의 묵직함이 함께 자라게 됩니다.

특히 중년 이후 삶의 고통과 혼란 속에서 어려움을 겪고 있는 분들께 말씀드리고 싶어요. 지금 느끼는 막막함과 공허함은 병이 아니라 증상입니다. 뿌리를 돌보지 않은 채 너무 오래 달려온 것에 대한 우리 존재의 신호예요. 또 중년의 성장과 성숙을 위한 당연한 앓이에요. 청소년기의 사춘기처럼요. 자연은 우리에게 늘 답을 보여주고 있어요. 계절의 순환처럼 우리 인생에도 다시 봄이 올 수 있다는 것, 겨울이 길수록 뿌리는 더 깊이 내린다는 것을 말이지요. 지금, 이 순간의 어둠이 바로 새로운 시작을 위한 준비 시간일 수 있음을요.

내 안에서 꿈틀거리며 일어나는 욕구와 열망이 있다면, '나답게' 살아가고 싶다는 간절함이 있다면, 그것은 당신 안의 생명력이 아직 살아있다는 증거입니다. 나의 중심잡기부터 시작해보세요. 작은 하나의 시도와 실천에서 시작하되, 나 혼자만의 세계가 아니라 더 넓은 관계와 자연 속에서 '함께' '더불어' 살아가는 방향으로 나아간다면, 내일은 분명 그 힘이 쌓여서 새로운 문을 열게 될 것을 믿습니다.

저 또한 첫걸음을 떼는 아기처럼 하나씩 점검하며 새롭게 구축하는 마음가짐으로 해나가려 합니다. 제 자신을 보듬고 사랑하는 마음을 잃지 않으며 살펴가고자 합니다. 중년의 봄은 이렇게 옵니다. 화려하지 않지만 깊이 있게, 급하지 않지만 확실하게. 스무 살의 봄이 '열정의 봄'이었다면, 중년의 봄은 '지혜의 봄'입니다. 많은 것을 경험하고, 많은 것을 잃어보고, 많은 것을 깨달은 후에 오는 봄이지요. 그래서 더 소중하고, 그래서 더 아름답습니다. 그리고 그 봄은 바로 우리 자신에게서 시작된다는 것을, 자연의 작은 변화를 알아차리는 것부터 새로운 내일이 시작되고 있다는 것을 말씀드리고 싶습니다.

Chapter 1

겨울, 생애 기획

삶의 중심 세우기

동기의 전환
무엇을 위하여

돌이켜 보면, 불혹에 접어들며 심한 아픔을 겪던 시절이 있었습니다. 지금 생각해보면, 그때의 아픔은 몸으로 왔으나, 근본원인은 영혼이 메말라가는 통증이었지요. 마치 오랫동안 물을 주지 않은 화분의 식물처럼, 겉으로는 멀쩡해 보이지만 뿌리부터 말라가고 있다는 것을 본능적으로 아는 그런 아픔이었습니다. 모든 것을 내려놓고 절실하게 내면 깊숙이 질문을 했습니다. '내가 진정 원하는 것은 무엇인가?' '절실하게 하고 싶은 것은 무엇인가?'

그 질문들과 한동안 함께 지내다 보니, 내면에서 들려온 답이 있었습니다. '사람들의 원형을 찾아주고 싶다'는 것이었어요. 처음엔 그 의미를 정확히 알 수 없었습니다. 다만 그 말을 떠올릴 때마다 가슴 한편이 뜨거워지는 것을 느낄 수 있었지요. 마치 오랫동안 잃어버렸던 열쇠를 다시 찾은 것 같은 기분이라 할까요?

그제야 지난날의 작은 신호들이 하나씩 떠올랐습니다. 결혼 초기, 두 살배기 아이를 재우고 읽었던 『딥스, 자아를 찾아서』(버지니아 M. 액슬린)에서 가슴이 너무도 뛰었던 기억이 있습니다. 서점에서 융의 『영혼의 지도』를 펼쳐들고 서 있다가도 돌아섰던 기억, 다시 공부를 이어가고 싶었지만 시작하지 못했던 시간, 그럴 때마다 스스로에게 말했지요.

'지금은 때가 아니야.' 하지만 정말 그랬을까요? 상황이 결코 불가능했던 것은 아니었어요. 결국, 당시의 저는 그만큼 절실하지 않았던 것이지요. 절실함에는 길을 만드는 힘이 있다는 것을, 그때는 몰랐습니다.

이런 깨달음은 하나의 중요한 질문으로 이어졌습니다. 간절함이란 무엇일까요? 그것은 결국 '나는 누구이고, 왜 살아가는가?'와 같은 근본적인 물음과 연결된다는 것을 알게 되었어요. 나이가 들면서 마음 한편이 허전해지고 허무함을 느끼게 되는 이유도 여기에 있는 것 같아요. '나라는 존재'의 진정한 의미를 제대로 인식하지 못해서인 거 같아요.

생각해보면 우리는 참 이상한 존재입니다. 열심히 살아왔다고 생각하면서도, 문득문득 내가 진짜 원하는 게 무엇인지를 되묻게 되니까요. 이런 물음이 떠오르는 순간들이 있어요. 아침에 일어나 거울을 보다가, 혹은 잠들기 전 천장을 바라보다가. 그런 순간에 밀려오는 막막함은 사실 자기 존재에 대한 갈망에서 비롯되는 것입니다. 내가 누구인지, 왜 이렇게 살고 있는지에 대한 근본적인 갈증 말이지요.

감사하게도 자기를 향한 질문은 우리를 절망으로 이끌지 않습니다. 오히려 마음을 가라앉히고 맑게 하며, 삶의 중심을 다시 잡고 일어서게 해주지요. 몸은 나이가 들수록 늙어가지만, 내면의 근본을 물어오는 질문을 통해 마음과 영혼은 빛나게 됩니다. 이상한 일이지요. 의문이 늘어날수록 오히려 확신이 생기니까요.

존재에 대한 이 깊은 갈망은 죽음이나 내일에 대한 불안과도 자연스럽게 연결됩니다. 하지만 그 불안이 우리를 위축시키는 것이 아니라, 오히려 오늘 하루를 더 의미 있게 살게 하고 자신에게 더 집중하게 만든다는 것을 경험했어요. 마치 시한이 정해진 과제를 받은 학생이 더 집중하게 되는 것처럼 말이지요.

내적 갈망이 가장 컸을 때, 저는 귀한 스승을 만나게 되었습니다. 그분은 제게 새로운 질문을 건네주셨어요. 바로 '무엇을 위하여'라는 질문이었지요. 이 질문을 만나면서 제 삶에 전환점이 찾아왔습니다. 진정한 삶의 물음이 바뀌기 시작했고, 이전에는 보지 못했던 시각과 인간, 그리고 삶의 가치에 눈뜨게 되었어요. 이를 통해 제가 진정 원했던 사람의 원형, 곧 각자의 '다움'을 찾아주는 일을 시작하게 되었습니다.

왜 '무엇을 위하여'라는 질문이 그토록 중요했을까요? 우리는 살아가면서 흔히 '무엇 때문에'라는 표현을 자주 사용합니다. '먹고 살아야 하기 때문에' '가족 때문에' '남들이 다 하니까'와 같은 외부적 이유로 삶의 선택을 설명하지요. 그런데 이렇게 외부에 근거를 둔 삶은 수동적이며, 결국 자기 자신을 억압하거나 회한을 남기기 쉽습니다.

예를 들어 직장을 다니는 이유를 '생계 때문에'라고 말하는 것과 '내 꿈을 실현하기 위하여'라고 말하는 것의 차이를 생각해보세요. 같은 일을 하더라도 전혀 다른 마음가짐으로 임하게 됩니다. 전자는 피동적이고 억지스러운 느낌이지만,

후자는 능동적이고 의미있는 선택이 되지요.

반면에 '무엇을 위하여'라는 질문을 할 때 우리는 능동적이고 진취적인 삶을 살 수 있게 됩니다. 이 질문은 우리가 삶의 주인이 되어 자유롭게 미래를 향해 나아갈 수 있게 해주어요. 주체적인 선택에 대한 존엄성을 일깨우며, 성장을 촉진하는 방향으로 우리를 이끈답니다.

더욱 놀라운 것은 일상의 작은 행동조차 이 질문을 통해 의미를 부여하면 전혀 다른 가치가 된다는 사실입니다. 얼마 전에도 부엌에서 식사를 준비하면서 이런 생각을 했어요. 단순히 영양을 공급하는 행위를 넘어서 '사랑을 가득 담아 우리 가족의 몸과 마음의 활력을 위해'라고 생각하니, 평범한 행동이 특별한 의미와 보람으로 가득 차더군요.

그때 문득 밥상에 오르는 모든 생명들을 떠올려보았습니다. 얼마나 많은 수고가 깃들어 있는지 새삼 놀라웠어요. 생산해주신 농부의 노고를 비롯하여, 쌀 한 톨, 배추 한 포기, 오이 한 개가 자라나기까지 필요했던 햇빛과 바람, 물과 공기, 그리고 흙. 여러 물질과 도구들, 가전제품까지. 이루 헤아릴 수 없이 많았어요.

그 순간 알았습니다. 나는 혼자 사는 것이 아니구나. 수많은 존재들과 연결되어 살아가고 있구나. 식탁 위에 오르는 음식 하나하나에 담긴 수많은 생명과 수고로움을 떠올리니 자연스럽게 감사와 사랑이 우러났어요 이렇게 매일의 일상이 감사함과 관계를 통해서 더 깊은 가치를 품게 되고, 우리 존재도 더욱 풍성해진다는 것을 느꼈습니다.

아침에 눈을 뜨는 것도, 물 한 잔을 마시는 것도, 길에서 누군가와 인사를 나누는 것도 다르게 느껴져요. '무엇을 위하여'라는 질문이 일상의 모든 순간에 의미를 불어넣어주기 때문입니다. 눈을 뜨는 것은 '새로운 하루를 선물로 받아 감사하게 살기 위하여'이고, 물을 마시는 것은 '생명을 유지하고 건강하게 살기 위하여'이며, 인사를 나누는 것은 '서로의 존재를 확인하고 소중히 여기기 위하여'가 되는 것이지요.

이런 작은 변화들이 쌓이면서 삶 전체가 달라지기 시작했습니다. 예전에는 반복되는 일상이 지루하고 의미없게 느껴지기도 했는데, '무엇을 위하여' 덕분에 매일이 새로운 의미를 발견하는 시간이 된 거지요. 같은 길을 걸어도 새로운 것을 발견하게 되고, 같은 사람을 만나도 다른 면을 보게 됩니다.

돌이켜보니 제가 찾고자 했던 '사람들의 원형'이라는 것도 결국 이와 같은 맥락이었어요. 각자가 자신의 삶에 '무엇을 위하여'라는 질문을 하고, 그 답을 통해 자신만의 고유한 존재 방식을 발견해가는 것. 그것이 바로 그 사람의 '다움'이며, 진정한 자아실현의 길이라는 것을 깨달았습니다.

물론, 이 여정이 항상 순탄한 것은 아닙니다. 때로는 답이 명확하지 않아 헤매기도 하고, 때로는 현실의 벽에 부딪혀 좌절하기도 해요. 하지만 그럴 때마다 다시 자신에게 질문을 하고, 내면의 소리에 귀를 기울이다 보면 길이 보이더군요. 중요한 것은 답을 찾는 것이 아니라 질문을 놓지 않는 것이라는 생각이 듭니다.

이제 저는 매일 아침 다짐을 합니다. '오늘 하루, 나는 무엇을 위하여 살아갈 것인가?' 때로는 '가족의 행복을 위하여'이고, 때로는 '아이들의 성장을 위하여'이며, 때로는 '지구별의 내일을 위하여'가 되기도 합니다. 그 답이 달라도 상관없어요. 중요한 것은 매순간 의식적으로 선택하며 사는 것이니까요. 그 안에 자신의 성장이 함께 하게 되는 것이지요.

우리가 찾는 행복이나 의미는 멀리 있는 것이 아니라 바로 지금 여기, 일상의 작은 순간들 속에 있습니다. 다만 우리가 그것을 알아차릴 수 있는 눈을 갖추는 것이 필요할 뿐입니다. 그리고 그 눈은 '무엇을 위하여'라는 질문을 통해 열립니다.

이 글을 읽어주시는 여러분께도 이 질문을 건네드리고 싶습니다. '당신은 무엇을 위하여 살아가고 있나요?' 답이 바로 떠오르지 않더라도 괜찮습니다. 질문을 품고 사는 것만으로도 삶은 이미 달라지기 시작할 테니까요. 그리고 그 과정에서 당신만의 고유한 '다움'을 발견하게 될 것으로 믿습니다.

관점의 전환

무엇을 돕고자

'무엇을 돕고자'라는 질문을 처음 마주했을 때의 충격을 아직도 생생히 기억합니다. 언뜻 단순한 물음처럼 보였지만, 그 안에는 이미 깊은 철학적 성찰이 담겨 있었어요. 마치 평범해 보이는 씨앗 하나가 거대한 숲의 가능성을 품고 있는 것처럼 말이지요. 저는 이 질문이 개인을 넘어 인류의 관계 맺기 방식 자체를 바꿀 수 있는 전환점이 될 수 있음을 깨달았고, 여전히 그 놀라움을 간직하고 있습니다.

이 깨달음이 찾아온 순간을 돌이켜보면, 그것은 우연이 아니었던 것 같아요.. 닭을 키울 때의 일인데, 처음 병아리를 들이던 날, 날씨가 추웠던 탓에 갑자기 많은 병아리들이 고비를 맞았을 때에요. 일제히 달려들어 한 마음이 되어 살리려고 밤샘을 하던 때의 모습들이 있어요. 또 누가 말하지 않았는데도 아픈 학생에게는 유독 관심을 보이며 합심하여 챙기며 도와주는 모습들이 참 인상적이었어요. 생명을 아끼고, 함께 성장할 수 있게 도와가는 모습들을 지켜보면서 문득 이런 생각이 들었어요. '이 아이들은 돕는 게 왜 이렇게 자연스러운 걸까?'

이 질문은 세상을 바라보는 제 시각을 근본적으로 바꾸어 놓았습니다. 모든 생명은 서로 연결되어 있으며 서로 돕는 관계 속에서 진화해왔다는 사실을 전제하고 있기 때문이에요. 생물학자들이 말하는 '공생'이라는 개념이 단순히 과학적 현상이 아니라 존재의 근본 원리라는 것을 그때 깨달았습니다. 나무와 균류가 서로 영양분을 나누듯, 우리 인간도 서로를 도우며 살아가도록 설계된 존재라는 것을요.

'나'라는 존재와 행위는 단지 나 자신만을 위한 것이 아니라 타인과 공동체에도 이롭게 작용합니다. 이것은 단순한 이타주의가 아닙니다. 더 근본적인 것이지요. 내가 성장하면 주변도 함께 성장하고, 내가 행복하면 그 행복이 다른 이들에게도 전해진다는 상호 연결성에 대한 인식입니다.

살면서 이 물음 속에는 여러 층위의 의미가 담겨 있다는 것을 차차 알게 되었어요. 먼저는 나 자신의 존엄성과 행위의 의미에 대한 인식입니다. 내가 하는 모든 일에는 목적이 있고, 그 목적은 결국 누군가를 돕는 것과 연결되어 있다는 깨달음이지요. 그리고 다른 이를 돕고자 하는 마음 자체가 인간의 본성이라는 확신도 생겼습니다. 즉, '무엇을 돕고자'의 질문은 개인과 타인, 주체와 객체의 관계성을 새롭게 정의하고, 연대의식을 깊숙이 뿌리내리게 하는 힘을 가지고 있었어요.

이러한 시각을 갖게 되자, 삶에서 마주하는 모든 상황이 완전히 다른 모습으로 다가왔습니다. 제 마음이 먼저 열리고 긍정적인 태도를 갖게 되었어요. 실패하거나 어려움에 처했을 때에도 쉽게 낙담하거나 좌절하지 않게 되었습니다. 오히려 이를 새로운 기회로 바라보는 습관이 생겼지요.

구체적인 예를 들어보겠습니다. 공동체 운영 회의에서 한

동료와 의견이 심하게 대립했던 일이 있었어요. 아이들 교육 방식에 대한 철학적 차이였는데, 그분은 제가 보기에 너무 엄격하고 일방적인 접근을 고집하는 것 같았습니다. 예

전 같았으면 '왜 저렇게 고집스러울까? 이해할 수 없어'라며 내심 불편해했을 텐데, 이번에는 달랐어요. '저분은 무엇을 돕고자 하는 걸까?'라는 질문을 해봤습니다.

그러자 놀라운 일이 일어났어요. 그분의 행동 뒤에 숨어있던 진심이 보이기 시작한 것입니다. 아이들이 혼란스러워하지 않도록 명확한 기준을 주고 싶어하는 마음, 아이들이 사회에 나가서도 잘 적응할 수 있도록 도와주고 싶은 간절함이 느껴졌어요. 방법은 달랐지만 목적은 같았던 것이지요. 그 깨달음 이후 대화가 완전히 달라졌습니다. 서로의 우려를 나누고, 아이들을 위한 더 나은 방법을 함께 모색할 수 있게 되었어요.

이런 경험을 통해 알게 된 것은 '무엇을 돕고자'라는 질문이 단순히 상대방을 이해하는 도구가 아니라는 점입니다. 그것은 나 자신을 변화시키는 힘이었어요. 이 질문을 하는 순간, 내 마음속의 방어막이 내려가고 상대방을 있는 그대로 바라볼 수 있게 되었습니다.

이런 경험을 여러 번 거치면서 깨달은 것이 있습니다. 어떤 상황이나 사람을 마주할 때 '왜 저럴까? 기해할 수 없어'라는 부정적 접근은 즉시 분리와 벽을 만든다는 것이에요. 그러나 '무엇을 돕고자 하는 걸까?'라고 질문하면 마음의 문이 열리고 서로를 연결하는 길이 생깁니다. '저 사람의 상황이 힘든가 보다' '내가 도울 방법은 무엇이 있을까?'와 같은 배려가 저절로 피어나게 되지요.

더 놀라운 것은 이 질문이 상대방뿐만 아니라 나 자신에게도 적용될 수 있다는 것입니다. 어떤 일을 앞두고 망설이거나 두려울 때, '나는 지금 무엇을 돕고자 하는가?'라고 스스로에게 물어보면 마음이 정리되고 방향이 선명해졌어요.

예를 들어, 새로운 교육 프로그램 시도를 할 때 느꼈던 불안감도 이 질문을 통해 해소할 수 있었어요. '아이들의 성장을 위하여' '갈등을 해소하고 새로운 내일을 위하여' '발전적인 학교를 위하여' 등 목적을 명확히 하니 두려움보다는 사명감이 앞서게 되었어요. 또, 망설임과 두려움이 생기는 이유도 찾게 되어, 해소할 수 있게 하고, 마음을 다독이게 되기도 하지요.

이 물음은 나에게도, 타인에게도 긍정적인 시선과 열린 마음을 갖게 하며, 삶의 근본적인 태도와 관점을 새롭게 정립하도록 도와주었습니다. 상대방이나 여러 관계 이전에 제가 관계에서 '가다듬는 마음의 길'이 되었지요.

더 깊이 생각해보니, 이 질문에는 시간에 대한 새로운 인식도 담겨 있었습니다. '무엇을 돕고자'라는 물음은 현재의 행동이 미래에 미칠 영향을 생각하게 만들어요. 지금 내가 하는 작은 도움이 누군가의 인생에 어떤 변화를 가져올지, 또 그것이 어떤 내일을 만들게 될 지를 상상하게 됩니다. 마치 연못에 던진 조약돌이 만드는 파문처럼 말이지요.

또한, 이 질문은 제게 겸손함을 가르쳐주었습니다. 내가 누군가를 '돕는다'고 생각했던 순간들을 되돌아보니, 실제로는 상대방으로부터 더 많은 것을 배우고 있었다는 사실을 깨달았어요. 아이들을 가르친다고 생각했는데 오히려 아이들로부터 순수함과 호기심을 배우고 있었고, 부모들과의

만남의 과정에서는 여러 삶의 애환과 애씀을 보며 마음을 가다듬고 더 노력하게 되는 것이지요.

이런 깨달음은 '돕는다'는 행위 자체에 대한 이해를 바꾸어주었습니다. 도움이란 일방향적인 것이 아니라 상호적인 것이며, 주는 사람과 받는 사람의 구분이 명확하지 않다는 것을요. 모든 만남이 서로에게 선물이 되는 순간들이라는 인식이 생겼습니다.

요즘에는 잠자리에 들기 전 하루를 돌아보며 이런 질문을 해봅니다. '오늘 나는 무엇을 도왔을까?' '오늘 어떤 도움들 속에 있었을까?' 그러면 하루가 훨씬 풍성하게 느껴져요. 이 곳을 가꾸어주는 후배들도, 점심에 맛있는 음식을 준비해준 동료도, 저녁에 전화로 안부를 물어준 친구도 모두 나를 도와준 소중한 존재들이라는 것을 새삼 깨닫게 됩니다.

이제 저는 '무엇을 돕고자'라는 질문이 단순한 자기계발의 도구가 아니라 존재 방식 자체를 바꾸는 철학이라고 생각합니다. 이 질문을 품고 살아가면, 매 순간이 누군가를 돕고 또 누군가로부터 도움을 받는 거룩한 만남이 됩니다. 그리고 그런 만남들이 쌓여 결국 더 아름다운 세상을 만들어갈 수 있다고 믿습니다.

삶의 나침반 만들기

삶의 의미는 생존을 위한 경쟁 너머에서 시작됩니다. 자기 내면의 깊은 성찰과 확장된 인식이라는 조용한 혁명에서 말이지요. 이 말을 처음 썼을 때, 저 스스로도 그 무게를 온전히 이해하지 못했던 것 같아요. 하지만 15년이 흐른 지금, 그 의미가 조금씩 선명해지고 있습니다.

우리는 치열한 경쟁 사회 속에서 숨 가쁘게 달려갑니다. 자신이 원하는 바를 이루기 위해 오늘도 최선을 다하지요. 그런데 이상한 일입니다. 목표를 향해 달려갈수록 오히려 목적지가 흐려지는 것 같아요. 마치 안개 속을 달리는 것처럼 말이지요. 그럴 때면 가끔 멈춰 서서 삶의 지평을 넓히고 내면의 깊이를 더하는 시간이 필요하다는 것을 절실히 느끼게 됩니다.

지금, 이 순간도 저에겐 그런 귀한 시간입니다. 지난 삶을 돌아보고 내일을 향한 길을 재정비하는 시간이지요. 이 글을 쓰며 제 안의 에너지와 지혜가 천천히 차오르는 것을 느껴요. 마치 오랫동안 메말랐던 우물에 다시 물이 고이는 것처럼요. 돌이켜보니 저는 지금까지 여러 차례 이런 시간을 보내왔습니다. 제 정체성과 삶의 방향을 점검하며 스스로에게 투자하는 시간들이었어요. 그런 시간들이 저를 풍요롭게 했습니다. 제가 속한 세계를 넓게 바라보고 그 속에서 '나'라는 존재를 인식할 때마다 더 큰 존재감을 느꼈거든요.

이상한 일입니다. 자신을 더 작은 존재로 인식할 때 오히려 더 큰 존재감을 느끼게 된다니요. 우주의 광활함 앞에서 자신의 티끌 같은 존재를 깨달을 때, 역설적으로 그 티끌이 우주의 일부라는 경이로운 사실을 발견하게 되는 것과 같은 이치일까요. 그렇게 인식하게 되면 결코 삶을 가볍게 여길 수 없더군요. 세상의 인정이나 명예를 넘어서 삶 자체의 귀중함과 진정한 가치를 느끼게 됩니다.

어느덧 15년의 시간이 흘렀습니다. 이곳 숲속 학교에 오게 된 계기도 이런 점검과 성찰의 시간 덕분이었어요. 그 결과 지금의 교육 현장으로 이어지게 되었습니다. 인간의 존재 가치를 깊이 인식하면서 저는 제 존재 가치를 이전과는 다른 위상에서 보게 되었어요. 마치 평면에서 살던 존재가 갑자기 입체의 세계를 발견한 것 같은 경험이었습니다.

그중에서도 가장 큰 전환점은 생명의 진화를 공부하면서 지구에 대한 인식이 바뀐 것이었어요. 처음에는 과학적 호기심으로 시작했던 공부였는데, 점점 깊이 들어갈수록 지구가 단순한 물질 덩어리가 아니라는 것을 깨닫게 되었습니다. 지구는 생명을 낳고 기르는 어머니였어요. 다양한 물질에서부터 시작하여 다양한 종류의 생명체들로 진화해 온 전체를 품어왔어요.

이 깨달음이 찾아온 순간 또한 생생히 기억합니다. 어느 가을 오후, 단풍잎을 주우며 걷는데, 문득 이런 생각이 들었어요. '이 작은 잎사귀 하나가 땅에 떨어져 썩으면서 다음 해 새싹의 양분이 된다. 그리고 그 새싹이 자라 다시 잎이 되고, 또 떨어져 양분이 된다. 이 순환이 수억 년 동안 계속되어 왔구나.' 그때 지구라는 존재가 얼마나 놀라운 생명체인지 깨달았어요. 그 안에서 묵묵히 자리를 지켜온 자연에 대한 경이로움도 함께 했고요.

인간 역시 그 거대한 생명체의 일부로서 성태계와 함께 살아가는 존재라는 것을 깨닫게 되었지요. 인간은 다른 생명들과 구분되는 지배적 존재가 아니라, 모든 생명들과 함께 살아가며 더 나은 길을 열어주는 존재라는 겸허한 인식을 갖게 되었습니다. 하지만 더 놀라운 깨달음이 기다리고 있

었어요. 지구 어머니 품에서 태어난 인간, 특히 여성인 저 자신을 '또 다른 어머니'로 바라보게 된 순간이었습니다. 어느 봄날, 새로 온 아이가 적응하지 못해 울고 있을 때였어요. 그 아이를 품에 안고 달래주면서 '나는 이 아이의 엄마가 아니지만, 나는, 엄마들은 모든 아이의 어머니인 거구나'하는 생각이 들었지요. 그런 마음이 간직되어 있다는 것을요. 그리고 생명이 서로 연결되어 있기에, 그런 마음이 통하고 있다는 생각도 들었어요.

그때 알게 되었어요. 여성으로서 생명을 잉태하고 기르는 역할을 인류사적으로 수행해 온 존재가, 특정한 아이의 어머니로만 한정될 필요는 없다는 것을요. 더 큰 차원에서 생명을 돌보고 기르는 존재로서의 가능성을 보게 되었어요.

이는 제 아이뿐 아니라 사회적 차원의 많은 아이들, 나아가 다른 생명체들에게까지 돌봄과 책임감을 느끼게 해주었어요.

이런 확장된 인식은 때로 부담스럽기도 했습니다. 우리는 일상적으로 좁은 세계에 갇혀 살아가기 쉬워요. 가족, 친인척, 지인, 직장과 국가 정도로 제한된 시각을 가지고 살아가는 것이 편하니까요. 하지만 더 넓은 관계의 질서와 우주적 시각으로 바라볼 때, 우리는 존재와 삶의 의미를 더 명확하게 세울 수 있다는 것을 경험했습니다. 자신을 삶의 중심에 올바르게 세우고, 진정한 주체로 살아가려면 이러한 넓은 인식의 지평이 반드시 필요하다고 봐요.

특히 지금 같은 시대에는 더욱 그렇습니다. 급변하는 기후위기와 AI 혁명의 시대에 인간의 본질과 역할을 깊이 생각해보게 되지요. 며칠 전 뉴스에서 본 기후변화 관련 보도는 충격적이었습니다. 지구 평균 기온이 계속 상승하고, 극지방의 빙하가 녹고, 해수면이 올라가고 있다는 내용이었어요. 그런데 더 놀라운 것은 동시에 AI가 인간의 많은 일자리를 대체할 것이라는 전망이었습니다.

이런 급격한 변화 앞에서 인간은 어떤 존재여야 할까요? 인간은 추상적인 세계에서가 아니라 현실적인 생존의 문제를 직접 겪으며 살아가는 존재입니다. 단지 눈앞의 것만 붙잡고 있다면 이 변화의 흐름을 따라갈 수 없을 거예요. 우리가 소중히 여기는 가족과 관계를 제대로 지키기 위해서도 사고의 지평을 더욱 확장할 필요가 있는 거지요.

이러한 맥락에서 자연의 질서를 돌아보면, 삶의 진리가 선명해집니다. 자연은 '서로 돕는 관계'로 맺어져 있으며 균형과 조화를 통해 유지되고 발전해왔으니까요. 며칠 전 다큐멘터리를 보다가 놀라운 사실을 알게 되었어요. 생태계의 균형이 깨졌을 때 이를 회복하는 존재들이 있다는 것을요. 대표적인 예가 늑대였어요. 늑대는 최상위 포식자로서 먹이 사슬의 균형을 유지하고, 초식 동물 개체수를 조절하여 식생의 변화를 유도하는 등 생태계 전반에 조정자로서 영향을 미친다고 해요.

특히 인상적이었던 것은 옐로스톤 국립공원(Yellowstone National Park)의 사례였습니다. 늑대가 사라진 후 사슴이 급격히 늘어나면서 나무들이 과도하게 뜯어먹혀 강의 형태까지 바뀌었다가, 늑대를 다시 도입한 후 생태계가 회복되었다는 이야기였어요. 이 외에도 비버, 악어, 불가사리, 그리고 일부 곤충과 조류 등도 특정 생태계에서 조정자 역할을 한다고 합니다.

그때 문득 이런 생각이 들었어요. 인간도 이런 조정자 역할 자란 생각이요. 이렇듯 생태계 관계 속에서 각자의 역할과 책임이 있듯이, 인간 역시 자연의 한 존재로서 조화와 균형을 추구하며 스스로의 역할을 해야 할 당위가 있다고 봅니다.

하지만 인간의 조정자 역할은 다른 동물들과는 다를 것 같아요. 인간은 사유하고 성찰하는 존자니까요. 본능이 아니라 의식적 선택을 통해 생태계 안에서 자신의 위치와 책임을 자각하고, 삶의 균형을 유지하는 지혜로운 조정자의 역할을 수행할 수 있고, 그것이 관계적 책임이란 생각이 들어요.

내가 누구인지를 아는 것, 내가 이 세상에서 어떤 역할을 할 수 있는지를 깨닫는 것, 그리고 그것을 실천해가는 것. 이것이 바로 경쟁 너머에서 찾은 삶의 의미였습니다. 결국, 우리가 찾는 삶의 의미는 자기 내면의 성찰에서 시작되지만 거기서 끝나지 않습니다. 확장된 인식을 통해 자신과 세상의 관계를 새롭게 이해하고, 그 속에서 자신의 고유한 역할을 발견하는 것이지요. 지구의 자녀로서, 생명의 돌봄이로서, 생태계의 지혜로운 조정자로서 살아가는 것. 이것이 제가 15년 동안 숲에서 아이들과 함께 살아오면서 찾은 삶의 의미입니다.

이제 저는 매일 아침 이런 다짐을 해봅니다. '오늘 하루, 나는 지구의 자녀로서 어떻게 살아갈 것인가?' 때로는 작은 실천으로, 때로는 깊은 성찰로, 때로는 깊은 성찰과 지평을 여는 인식으로, 때로는 사람들과의 만남으로 그 답을 찾아가고 싶어요. 그리고 그 과정 자체가 이미 충분히 의미 있는 삶이라는 것을 믿고 있습니다.

희망을 만드는 자아실현 교육

자아실현 교육은 자신의 존재와 가능성을 발견하고 실현하는 과정입니다. 동시에 세상에 긍정적인 기여를 하는 길이기도 하지요. 내일의 희망을 창조하는 일이기도 합니다. 이 말을 처음 쓸 때는 단순한 교육 철학의 표현일 수 있었는데, 15년간 숲에서 아이들과 살아오면서 그 의미가 얼마나 깊고 절실한 것인지 깨닫게 되었어요.

지평을 넓혀가는 가운데 많은 것을 깨달으면서 자신에 대한 인식도 변화하는 것을 경험합니다. 저도 넓어진 지평 속에서 인간의 존재 가치에 눈뜨게 되었고, '나'라는 존재의 귀중한 의미도 절실히 느꼈어요. 마치 망원경으로 우주를 바라보다가 갑자기 현미경으로 세포 하나를 들여다보는 것과 같은 경험이었습니다. 거대한 우주 속의 작은 존재이면서 동시에 무한한 가능성을 품은 우주 그 자체라는 깨달음 말이지요.

어느 봄날, 씨앗 하나를 아이들과 함께 관찰한 적이 있어요. 작은 콩 씨앗이었는데, 겉으로는 그저 갈색의 작은 알갱이에 불과했습니다. 하지만 그 안에는 이미 뿌리가 될 부분, 줄기가 될 부분, 잎이 될 부분이 모두 들어있었어요. 씨앗은 이미 완전한 설계도를 품고 있었던 것이지요.

인간의 원형도 이와 같다고 생각해요. 각자의 고유한 재능과 성향, 세상을 바라보는 독특한 시각이 이미 씨앗으로 심어져 있는 것입니다. 자신의 원형에 부합하는 삶을 살 때 우리는 비로소 진정한 의미와 에너지를 경험하게 됩니다. 이 과정은 단순한 자기계발을 뛰어넘어 존재의 본질과 삶의 방향을 일치시키는 진정한 자아실현의 길이에요.

하지만 씨앗은 혼자서는 절대 자랄 수 없지요. 땅이 필요하고, 물이 필요하고, 햇빛이 필요합니다. 다른 식물들과의 관계도 필요하고, 때로는 바람과 비라는 시련도 필요하지요. 인간의 자아실현도 마찬가지입니다. 혼자만의 성장이 아니라 관계 속에서, 공동체 속에서, 세상과의 만남 속에서 이루어지는 것이에요.

인간은 결코 완성된 존재로 태어나지 않습니다. 평생을 배우고 익히며 삶에 반영하며 성장해가는 존재지요. 그만큼 교육은 우리 삶에서 의미가 중요합니다. 각자가 지닌 무한한 가능성을 발현하고, 사회 속에서 제 역할을 충실히 해나간다면 우리 사회는 더욱 밝고 희망차지지 않을까요?

제가 교육의 중요성을 깊이 깨달은 것은 단순히 개인의 성장 때문만이 아니었어요. 사회의 변화와 희망이 바로 '교육'을 통해 가능하다는 믿음 때문이었습니다. 한 사람 한 사람이 자신의 원형을 발견하고 꽃피울 때, 그것은 개인의 행복을 넘어 사회 전체의 변화로 이어진다는 것을 경험했거든요.

아이들 중에 유독 돌진하는 아이가 있었어요. 무엇이든 손들고 "제가 할게요" 하는 아이였지요. 그렇게 하니까, 많은 일들이 활발하게 움직여지고 새로운 것을 시도하는 것도 어렵지 않게 되고 말이지요. 거대한 정원수업의 프로젝트도 전혀 경험이 없었지만 결과를 만들게 되고요. 토론 수업 때도 열띤 과정을 연출하며 수업 성과를 만들기도 하고, 학부모님들도 모시고 함께 하는 문화의 날도 꽃피우게 되고 말이지요. 이런 모습은 수업에 활기를 더하고, 무언가를 하면 변화하고 성장한다는 메시지를 주었어요. 그 아이의 변화와 성장은 다른 아이들에게도 영향을 미쳤고, 선생님들이

나 전체에게 좋은 영향과 동기를 주었지요.

이처럼 진정한 교육은 연쇄반응과 같아요. 한 사람의 성장이 다른 사람의 성장을 이끌고, 그것이 또 다른 사람에게 전해져 결국 전체가 함께 성장하게 되는 것이지요. 하지만 현재 우리의 교육 현실은 어떤가요? 여전히 산업혁명 시대에 머물러 있는 것 같아 안타깝습니다. 단지 사회적 성공을 위한 제한된 지식 습득에 그치고 있어요. 마치 모든 씨앗을 똑같은 모양의 화분에 심어 똑같은 꽃이 피기를 기대하는 것과 같습니다. 장미 씨앗에게 해바라기가 되라고 강요하고, 참나무 씨앗에게 소나무가 되라고 요구하는 것이지요.

진정한 자아실현을 위해서는 참된 가치와 철학을 배우고, 인식과 사고의 지평을 넓혀 더 큰 존재로 성장할 수 있도록 해야 합니다. 저는 육아 경험과 스승을 통해 이런 교육의 중요성을 실감할 수 있었어요. 제 아이가 처음 걸음마를 할 때를 떠올려봅니다. 넘어질 때마다 "조심해"라고 말하며 붙잡아주려 했는데, 스승님이 이렇게 말씀하셨어요. "넘어지는 것도 배움입니다. 아이가 스스로 일어서는 힘을 기를 수 있도록 기다려주세요."

그때 깨달았습니다. 진정한 교육은 모든 것을 대신해주는 것이 아니라, 스스로 일어설 수 있는 힘을 기를 수 있도록 돕

는 것이라는 것을요. 지식만을 강조하는 교육 방식으로는
더 이상 안 됩니다. 사회에 나가면 배운 것을 다시 배워야 한
다는 현실을 생각해봐야 하는 거지요.

우리 조상들은 '됨'을 중시했어요. '아는 것'보다 '되는 것'을
더 중요하게 여겼습니다. 진정한 교육은 삶을 위한 지혜를
얻는 과정이어야 한다고 믿었거든요. 지식뿐 아니라 다양한
경험과 사유, 그리고 지속적인 피드백과 성찰을 통해 진정
한 지혜를 쌓아가는 교육이어야 합니다.

무기력한 교육의 경험을 거친 저로서는 아이들과 함께 하
는 교육 과정에서 많은 것
을 배웠습니다. 이런 일이
있었어요. 아이들과 함께
텃밭을 가꾸는데, 한 아
이가 "왜 이렇게 힘들게
농사를 지어야 해요? 마
트에서 사면 되잖아요"라

고 물었습니다. 그때 다른 아이가 대답했어요. "우리가 직접
기른 채소를 먹으면 그 채소가 어떻게 자랐는지 알 수 있잖
아. 그리고 우리 손으로 만든 거니까 더 맛있어." 그 아이는
농사 기술을 배운 것이 아니라 생명에 대한 이해, 노동의 가

치, 자급자족의 의미를 체득하고 있었던 것이지요.

우리는 단순히 머리만 키우는 교육에서 벗어나야 합니다. 진정한 교육은 실제 삶에서 시련과 고난을 극복하고 그 과정에서 진정한 힘을 키울 수 있는 까닭입니다. 그런 의미에서 오히려 학생들이 어른보다 더 어른스러울 수 있다는 사실도 깨닫곤 합니다.

자아실현 교육이란 각자의 씨앗이 제 모습 그대로 꽃을 피울 수 있도록 돕는 것이라는 것을 실감합니다. 그리고 그렇게 피어난 꽃들이 모여 더 아름다운 정원을 만들어가는 것이 우리가 꿈꾸는 사회의 모습이라는 것을 말이에요.

이러한 성찰과 희망이 내일을 만들어 갑니다. 한 사람 한 사람의 성장이 모여 우리 모두의 밝은 미래의 가능성이 된다는 것을 믿어요. 그리고 그 중심에는 언제나 교육이 있을 겁니다. 진정한 자아실현을 돕는 교육, 씨앗이 꽃이 되는 이유를 깨닫게 해주는 교육말이에요.

나라는 나무 키우기 & 미래 설계

생애 기획은 삶의 의미를 발견하고 '나'라는 존재를 중심으로 미래를 설계하는 소중한 여정입니다. 하지만 중년에 접어들어 이런 말을 한다는 것이 때로는 우스꽝스럽게 느껴질 수도 있어요. '이 나이에 무슨 생애 기획이야?' 하는 목소리가 마음 한편에서 들려오기도 하니까요. 그런데 정말 그럴까요? 오히려 중년이야말로 진정한 생애 기획이 가능한 시기가 아닐까 생각해봅니다.

젊은 시절의 생애 기획이 '무엇이든 될 수 있다'는 무한 가능성에 기초했다면, 중년의 생애 기획은 '나는 이미 이만큼 되어있다'는 현실 인식에서 시작됩니다. 이것이 절망이 아니라 오히려 희망인 이유는, 이제야 비로소 자신이 진짜 누구인지 알 수 있게 되었기 때문이에요.

말을 타거나 오토바이를 운전할 때 우리가 바라보는 방향으로 자연스레 움직이는 것처럼, 우리 인생도 시선이 향하는 곳으로 흘러갑니다. 하지만 중년의 시선은 젊은 시절과 다른 특별함이 있습니다. 이제는 '될 수 있는 것'보다 '되고 싶은 것'을, '가능한 것'보다 '의미 있는 것'을 바라보게 되거든요.

중년의 생애 기획에서 가장 중요한 것은 시간에 대한 인식의 변화입니다. 젊을 때는 시간이 무한히 많은 것처럼 느껴졌지만, 중년에 이르면 시간의 유한함을 절실히 깨닫게 되지요. 하지만 이것이 절망적인 것만은 아닙니다. 오히려 시간의 소중함을 알게 되었다는 의미이기도 해요. 무한하다고 생각했을 때는 함부로 썼던 시간을, 이제는 정말 소중한 것에만 쓰고 싶어집니다.

우리의 여정은 다양한 시간을 포함해요. 1년, 3년, 5년 같은 가까운 미래를 그리는 것부터 시작하지만, 중년의 계획은 젊은 시절과 달리 더 현실적이면서도 더 본질적입니다. 이제는 '언젠가'가 아니라 '지금'을 중심으로 생각하게 되거든요. 10년, 20년 후를 상상할 때도 '그때까지 살아있을까?' 하는 생각이 잠시 스치지만, 바로 그런 생각 때문에 오히려 현재의 삶이 더 간절해집니다.

우리는 종종 나 자신의 '미래'는 잊어버리고 아이들의 미래만 생각하곤 합니다. 마치 앞으로의 시간에 나란 사람은 존재하지 않을 것처럼요. 특히 중년의 부모들은 자녀의 대학 입시, 취업, 결혼에만 몰두하다가 정작 자신의 미래는 백지상태로 남겨두는 경우가 많습니다. 하지만 생각해보

세요. 아이들이 다 자란 후에도 당신의 인생은 계속됩니다. 그 시간을 어떻게 보낼 것인지에 대한 준비가 필요하지 않을까요?

생애 기획의 첫걸음은 '지난 시간에 대한 정리'에서 시작됩니다. 이것이 중년에게 특히 중요한 이유는 이제 정리할 만큼의 삶이 쌓였기 때문이에요.

바쁘게 주어진 과제만 수행하던 삶에서 잠시 벗어나 온전히 나에게 집중하는 시간을 보내세요. 글로 풀어내다 보면, 짧게만 느껴졌던 내 삶이 실은 의미와 경험으로 가득했음을

발견하게 됩니다. 작년에 지인 한 분이 자신의 인생을 돌아보며 쓴 글을 보여주신 적이 있어요. 처음에는 '별일 없이 평범하게 살았다'고 하시더니, 막상 써보니 A4 용지 50장이 넘었다고 하시더군요. 그분은 '내 인생이 이렇게 풍성했구나' 하며 놀라워하셨어요.

이렇게 과거를 정리하며 마음을 비우게 되죠. 쉽게 꺼내지 못했던 기억들을 하나씩 마주하다 보면, 아픔과 기쁨, 깨달음의 순간들이 떠오르고, 내가 진정으로 원하는 것들이 모습을 드러냅니다. 중년의 정리 작업은 젊은 시절과 달리 치유의 성격을 갖기도 해요. 오랫동안 묻어두었던 상처들을 꺼내어 다시 바라보고, 이제는 다른 의미를 부여할 수 있게 되거든요.

프로그램에서 만났던 분이 이런 말씀을 하신 기억이 있어요. "스무 살 때 겪었던 실연으로 당시에는 세상이 끝날 것 같은 심정이었는데, 생각해보면 그 경험이 있었기에 진짜 사랑이 무엇인지 알게 되었어요. 그리고 지금의 남편을 더 소중히 여길 수 있게 되었고요." 이렇듯 과거의 경험을 통해 현재를 제대로 인식하는 힘이 중년의 지혜입니다.

이 여정에서 자연은 소중한 스승이 되어줍니다. 계곡에 발을 담그고, 숲길을 거닐며 마음의 소리에 귀 기울이게 되죠.

하지만 중년이 자연에서 배우는 것은 젊은 시절과 다른 깊이가 있어요. 젊을 때는 자연의 역동성과 생명력에 감동했다면, 중년에는 자연의 인내와 순환에서 위로를 받게 됩니다.

며칠 전 오래된 은행나무를 바라보며 이런 생각을 했어요. 이 나무가 몇 번의 가뭄과 홍수를 견뎌왔을까? 몇 번의 혹독한 겨울을 이겨냈을까? 그럼에도 여전히 봄이 오면 새잎을 내고, 가을이 오면 아름다운 노란 잎으로 물들이는

이 나무의 모습에서 중년의 삶이 가져야 할 태도를 배웠습니다. 지나온 모든 계절이 지금의 아름다움을 만들었다는 것을요.

특히 겨울의 자연은 중년에게 특별한 메시지를 줍니다. 수묵화처럼 고요하고 맑은 겨울 풍경을 보며 자신을 돌아보기에 의미 있는 시간을 보낼 수 있어요. 자연이 휴식을 통해 봄을 준비하듯, 우리도 이 시간을 통해 새로운 시작을 위한 에너지를 모으게 됩니다. 중년의 생애 기획에는 이렇듯 '휴식'과 '준비'의 시간이 꼭 필요해요.

중년의 생애기획이 갖는 가장 큰 의미는 '여전히 가능하다'
는 희망을 주는 것이라고 생각해요. 특히, 그간의 삶의 경험
을 바탕으로 진정 원하는 나의 삶, 다움, 가치있고 의미를 발
견하는삶으로 인생 2막을 방향지워볼 수 있는 절호의 기회
가 될 수 있다는 거지요.

인생의 절반을 살고 나서도 새로운 꿈을 꿀 수 있고, 새로운
시작이 가능하다는 것을 보여주는 것이지요. 이것은 개인
적 의미를 넘어 사회적 의미도 갖습니다. 젊은 세대에게는
미래에 대한 희망을, 같은 중년 세대에게는 변화의 용기를
줄 수 있으니까요.

시간은 마치 나침반을 손에 쥐고 자신만의 별을 따라가는
여행처럼, 우리를 더 깊고 의미 있는 삶으로 안내할 것입니
다. 밀도 있는 삶으로요. 중년의 생애 기획은 시간과 다시 친
해지는 과정이기도 해요. 시간이 적다고 조급해하지 말고,
오히려 시간의 소중함을 알게 되었다고 감사하는 마음으로
시작해보면 어떨까요? 중년, 바로 지금이 당신 인생의 가장
아름다운 계절일지도 모르니까요.[*]

---

[*] 중년의 생애 기획이 가지는 가장 큰 의미는, 그야말로 "인생2막"을 준비하고 방향을 잡
는 일일 수 있어요. 인간 수명이 매우 높아지는 시대를 살고 있기 때문에 그간의 삶의 방
식이 달라지는 겁니다.

마음 에너지와 인격 수련

"외적 설계만으로는 삶이 흔들립니다. 진정한 방향은 내면에서 솟아나며 진정한 힘으로 자랍니다."

이 말을 할 때마다 저는 숲에서 만난 한 그루 소나무를 떠올리게 됩니다. 태풍이 몰아친 다음 날, 아이들과 함께 숲길을 걸으며 쓰러진 나무들을 보았지요. 그런데 유독 한 그루 소나무만은 꿋꿋이 서 있었어요. 겉으로 보기엔 다른 나무

들과 별반 다르지 않았는데 말이지요. 그건 뿌리가 달랐기 때문입니다.

15년간 숲에서 아이들과 함께 하면서 깨달은 것이 있습니다. 사람도 나무와 같다는 것이지요. 겉으로 드러나는 모습보다 중요한 것은 보이지 않는 뿌리, 그 뿌리가 얼마나 깊고 단단한지가 삶의 방향을 결정한다는 걸 말이에요.

그래서 저는 생애 기획을 말할 때 단순히 미래를 그리는 것을 넘어서, '내가 어떤 존재로 자라갈 것인가'에 대한 진지한 사유가 필요하다고 생각합니다. 이는 단지 목표를 세우고 계획을 짜는 일이 아니지요. 어떤 뿌리를 내리고, 어떤 줄기를 세우며, 어떤 꽃과 열매를 맺을지를 스스로 묻고 설계하는 일입니다. 그래서 '나의 나무 그리기'는 추상을 구체화하는 데 도움이 됩니다.

이것은 단지 은유가 아닙니다. 내면의 구조를 형상화하여 세워보는 실제적인 작업이지요. 나무가 계절의 변화와 기후의 변동 속에서도 자신의 본질을 잃지 않듯, 우리도 삶의 온갖 변화 속에서 흔들리지 않는 중심을 지켜야 한다고 생각해요.

중년이라는 시기에 서서 뒤돌아보면, 참으로 많은 것들이 변했습니다. 젊은 시절의 열정도, 미래에 대한 무한한 꿈도.

이제는 조금 다른 모습이지요. 삶의 경험들이 쌓여있는 지점에 선 지금, 중요한 건 바로 마음에서 비롯된 방향이란 성찰을 하게 됩니다. 그렇기에 바로 '마음을 돌보는 힘, 내면의 중심을 지키는 힘'의 중요성을 새롭게 인식하게 됩니다.

진정한 공부는 삶을 변화시키는 공부입니다. 우리가 하는 모든 배움과 성찰이 결국 어떻게 살 것인가의 문제의 답을 찾는 과정이라 생각해서요.

그런 의미에서 예전에 제가 퇴계 이황의 「성학십도」와 율곡 이이의 「자경문」을 따라 저만의 자경문을 써서 실천해본 경험을 말씀드리고 싶어요. '어떻게 살아야 하는가'에 대한 철학적 물음에 답하며, 마음을 다스리는 일상의 지침을 세우는 시간이었지요.

두 분 다 경(敬)을 중시하셨는데, 이는 단순히 공경한다는 뜻이 아니라 매 순간을 의식적으로, 집중해서 사는 태도를 말하는 것 같아요. 몸가짐과 마음가짐을 늘 삼가며 존엄한 존재로서 자신을 지켜나가는 일이지요. 그리고 성(誠)을 통해 정성스런 일상과 정직한 자기성찰을 연습하셨고요.

현대인들이 겪는 많은 고통의 원인 중 하나가 바로 이런 내외의 분열이 아닐까 생각해요. 사회적 역할과 내적 자아 사이의 괴리, 말과 행동의 불일치, 이상과 현실의 간극 말이지요. 이 모든 것들이 우리를 지치게 만들어요.

그런데 옛 현인들의 이러한 마음공부는 학문에만 그치지 않았어요. 일상의 도리를 실천하는 것으로 이어졌지요. 거창한 깨달음이나 특별한 경험을 추구한 것이 아니라, 지극히 평범한 일상 속에서 마음을 돌보고 인격을 기르는 작은 실천들을 중시했던 거예요.

숲에서 아이들과 함께 하는 속에서도 같은 것을 느꼈어요. 진정한 교육은 지식을 전달하거나 기능을 훈련하는 것이 아니라, 한 인간이 온전한 존재로 성장하도록 돕는 일이더군요. 이는 즉석에서 이루어지는 것이 아니라 오랜 시간에 걸친 인내와 사랑이 필요한 작업이지요.

어떻게 보면 일상의 작은 정치학이라고도 할 수 있겠네요. 거대한 변화는 작은 변화들의 축적에서 나오듯, 인격의 변화나 삶의 질적 전환도 일상의 작은 수련들에서 시작되는 것이지요.

이렇게 매일을 지켜 마음 수양을 하며 덕목 하나를 실천해가면, 참으로 신기한 일이 일어납니다. 삶의 밀도가 달라지고 작지만 단단한 에너지를 만들어내지요. 같은 시간이라도 어떤 마음가짐으로, 어떤 의식 상태로 보내느냐에 따라 그 질이 완전히 달라지는 것을 경험하게 돼요.

현대 사회는 큰 에너지, 강한 자극을 추구하지요. 하지만 진정한 힘은 오히려 작고 단단한 것에 있다는 걸 깨달았어요. 마치 다이아몬드가 작지만 단단한 것처럼, 일상의 작은 수련들이 축적되어 만들어내는 내적 에너지는 외부의 어떤 충격에도 쉽게 흔들리지 않더군요. 이것이 바로 흔들림 없는 인격의 기초가 되는 것임을 알게 됩니다.

저는 이것을 일상 훈련으로서의 수련이고 수양이라고 부르고 싶어요. 이는 단지 목표 달성이나 자기계발을 위한 도구가 아닙니다. 존엄한 인간으로서 어떻게 살아갈 것인가, 즉 됨의 기반을 세우는 과정이지요. 자기계발이 대개 외적 성과나 효율성 증대를 목표로 한다면, 내면 수련은 '어떤 사람이 될 것인가'의 문제를 다루는 것이에요.

바쁘고 소란스러운 일상 속에서도 마음을 돌보는 힘, 내면의 중심을 지키는 힘이 삶을 이끄는 나침반이 됩니다. 어떻게 보면 삶의 궤도를 정하여 항해해 가는 데에 필수적인 일상 동력을 만든다고 할까요? 특히 중년이라는 시기의 특별함이 여기에 있는 것 같아요. 내면에서 이는 절실함과 존재에 대한 본질적인 의문을 가지게 되는 바로 이때에 정말 필요한 에너지가 바로 이런 내면의 힘이 아닐까 생각합니다.

문학 서적을 읽다 보면 '화자의 성숙'이라는 개념을 생각하게 돼요. 좋은 문학 작품의 화자는 세상의 복잡함과 모순을 인정하면서도, 그 속에서 자신만의 관점과 목소리를 유지하지요. 중년의 지혜로움도 이와 같다고 생각해요. 삶의 불확실성과 한계를 받아들이면서도, 그 속에서 자신다운 삶의 방향을 찾아가는 것 말이에요.

결국, 진정한 생애 기획은 '인격 수련'을 동반한다고 할 수 있겠지요. 이는 자신이 어떤 사람이 되어갈 것인가, 어떤 품격의 삶을 살아갈 것인가에 대한 근본적 성찰과 실천에서 에너지를 생성한다고 생각해서지요.

숲은 자연의 시간으로 흐르는 공간입니다. 인공적 속도나 효율성이 아닌, 생명 본연의 리듬으로 움직이는 곳이지요. 그 속에서 아이들과 함께 보낸 시간들이 제게는 삶의 진실을 체득하는 시간이었던 것 같아요.

현대인들이 겪는 많은 문제들 이를 테면, 불안, 우울, 공허감, 관계의 어려움은 결국 이러한 내적 기초의 부족에서 오는 것이 아닐까 생각해요. 외부 조건에만 의존하는 삶은 필연적으로 불안정할 수밖에 없어요. 진정한 안정은 내면의 중심, 즉 흔들리지 않는 인격의 뿌리에서 나오는 것 같습니다.

중년의 삶은 흔들림의 연속입니다. 하지만 그 흔들림 자체가 문제가 아니지요. 흔들림을 통해 보다 본질에 다가서게 된다고 보는데, 이 때 중요한 게 바로 "어디에 중심을 두느냐"는 것이지요. 외부 조건에만 의존한다면 영원히 흔들릴 수밖에 없겠지요. 하지만 내면에 단단한 뿌리를 내렸다면, 흔들리면서도 쓰러지지 않고 단단한 삶이 가능하다고 생각해요.

'어떻게 살아야 하는가'라는 물음에 대한 답은 결국 각자가 찾아야 합니다. 하지만 그 답을 찾는 방법은 분명한 것 같아요. 일상의 작은 수련들을 통해 내면의 힘을 기르고, 자신만의 존재의 나무를 키워나가는 것이지요.

미래의 성공을 위한 계획이 아니라, 삶의 방향을 세우고 현재의 매 순간을 의미 있게 살아가기 위한 실천이지요. 그리고 그 실천을 통해 우리는 흔들리면서도 중심을 잃지 않는, 성숙한 중년의 지혜를 얻을 수 있을 것이라고 믿습니다.

자문하는 철학적 물음

- 지금 나는 무엇을 위하여 살아가고 있나요?

- 지금 내가 마주한 상황에서, 나는 무엇을 돕고자 하는 마음으로 대하고 있나요?

- 지금 나는 어떤 세계관과 관계 속에서 나의 삶을 바라보고 있나요?

- 나는 지금 어떤 가치와 목적을 중심으로 나의 생애를 설계하고 있나요?

- 나는 삶에서 어떤 진정한 가치를 배우고 있으며, 그것을 내 삶에 어떻게 적용하고 있나요?

일상의 작은 실천

- 오늘 하루, 일상에서 당연하게 여겼던 한 가지 일에 깊은 의미와 감사의 마음을 담아 보세요

- 오늘 하루, 만나는 사람마다 '무엇을 돕고자?'라는 질문을 스스로에게 던지며 긍정적인 관점으로 접근해 보세요.

- 오늘 하루, 자연 속에서 시간을 보내며 나 자신과 내가 속한 생태계와의 연결성을 느껴 보세요.

- 오늘 하루, 나라는 나무를 상상하고, 그 나무가 자라기 위해 필요한 가치와 환경을 구체적으로 기록해 보세요.

- 오늘 하루, 내가 배운 가치와 지혜를 다른 사람과 나누고, 그 가치를 실천할 수 있는 작은 행동을 하나 실천해 보세요.

Chapter 2

봄, 정원 프로젝트 수업

관계의 정원

가꿈과 내면 탐구

아이들과 함께 보낸 시간 중에서도 정원수업은 특별한 의미였어요. 겨울의 생애 기획이 인생의 큰 방향과 가치를 잡아준다면, 봄의 정원프로젝트는 그 가치들을 구체적으로 펼쳐보는 살아있는 실험실이었습니다.

인간이 최초로 울타리를 치고 야생의 식물들을 들여와 가꾸기 시작한 순간부터, 정원은 우리의 내면을 비추는 거울이 되었을 겁니다. 정형화된 프랑스식 정원, 자연스러움을 추구하는 영국식 정원, 그리고 자연과의 합일을 지향하는 우리의 전통 정원까지. 소쇄원을 거닐며 깨달았지요. 정원은 단순한 식물의 배치가 아닌, 깊은 의미를 담은 살아있는 예술임을요.

처음 정원수업을 시작할 때는 특별한 체계나 전문성을 갖추
지 못했어요. 단지 '인간과 자연'의 관계 속에서 자연이란 소
재로 자신을 표현하고, 정원이라는 예술로 승화시키고 싶었
을 뿐이지요. 그러나 시간이 흐르면서 놀라운 일들을 목격

했어요. 아이들의 내면
변화가 정원에 그대로 투
영되는 것이었지요. 어느
순간 작품이 정체되어 보
일 때면 아이들 내면의 정
체를 반영하고 있었고, 새
로운 변화가 찾아올 때면

정원도 함께 변화했어요. 자신을 방어하듯 울타리친 모습
에서 어느 순간 울타리가 사라지고 주변과 어우러진 확장
된 정원으로 바뀌어 있기도 했지요.

정원 만들기는 여러 단계를 거쳐요. 먼저 주제를 정하고 이
야기를 만들어요. 그 다음 그 언어를 이미지로 전환하여 정
원 설계도를 만들게 됩니다. 각각의 식물들은 이야기 속 등
장인물이 되고, 돌과 모래, 낡은 주전자까지도 저마다의 역
할을 맡게 돼요. 이 과정에서 저는 언어와 이미지, 그리고 실
제 형상 사이의 신비로운 관계를 보게 되었어요. 아이들이

말로 표현한 것이 그림이 되고, 그 그림이 다시 살아 있는 정원으로 구현되는 과정은 마치 시가 현실이 되는 순간 같았지요.

아이들은 마치 오케스트라의 지휘자처럼, 또는 온화한 어머니처럼 무수한 관계에 깨어나며 조화롭게 이끌어가게 되었어요. 흙을 나르고, 식물을 고르고, 공간을 구성하는 모든 순간이 함께 하는 배움의 시간이 되지요. 더욱 특별한 것은, 개인의 정원이 다른 이의 정원과 어우러질 때 내 정원도 더 아름답게 피어난다는 사실이에요. 어느 한 아이는 산과의 대화를, 다른 아이는 기존 정원과의 연결을 시도하니 더욱 풍부한 이야기를 담게 되더군요.

여기서 저는 개체와 전체의 관계에 대해 깊이 생각하게 되었어요. 현대 사회는 개인의 성취와 경쟁을 강조하지만, 정원은 다른 진실을 가르쳐주었어요. 진정한 아름다움과 완성은 혼자서는 이룰 수 없다는 것, 타자와의 관계 속에서만 가능하다는 것을요.

정원수업의 진정한 매력은 4차원적 사고를 요구한다는 점이에요. 책상에 앉아서는 결코 완성할 수 없는, 온몸과 마음을 다해야 하는 여정이지요. 자신의 오브제(object)*를 찾기 위해 고물상을 찾아다니고, 직접 흙을 나르고 거름과 섞어 정원의 기반을 다져요. 햇빛과 바람의 방향과 세기도 알아보기 위해 하루에도 몇 차례씩 변화를 감지하고요. 밤이 되어도 식지 않는 열의로 벽돌을 하나하나 쌓아 뚜꺼비집을 만들기도 하고, 연못을 파고, 통나무를 자르는 아이의 모습에서 저는 진정한 예술가의 영혼을 보았어요.

이런 모습을 보며 저는 생각했어요. 진정한 창작이란 머리로만 하는 것이 아니라 온몸으로 하는 것이구나. 진정한 배움은 책상 위에서만 이루어지는 것이 아니라 땀 흘려 흙을 만지고, 식물과 대화하고, 실패를 경험하고, 다시 일어서는 과정 속에서 이루어진다는 것을요.

정원은 우리가 흔히 인식하는 인간관계를 넘어서는 더 큰 관계성을 경험하게 해요. 생태계의 다양한 구성원들과 교감하며, 그들과의 관계 속에서 ‘나’라는 존재를 새롭게 발견할 수 있어요. 식물이 잘 자라기 위해서는 햇빛의 방향, 바람의 세기, 토양의 상태 등 수많은 요소를 고려해야 하지요. 이 과정에서 아이들은 자연스럽게 생태적 감수성을 키우고, 모든

---

* 오브제란, 정원의 주제나 핵심을 전달하기 위해 의도적으로 배치하는, 의미와 역할을 가진 물건. 상징과 강조하는 역할, 포인트, 이야기입니다.

존재가 서로 연결되어 있다는 진리를 깨닫게 되는 거예요.

마흔을 넘어선 어른들에게도 정원은 특별한 의미가 되어줘요. 삶의 중간 지점에 선다는 것은, 마치 산의 중턱에 서서 올라온 길과 앞으로의 여정을 동시에 바라보는 것과 같아요. 젊은 시절, 우리는 성공이라는 목표를 향해 쉼 없이 전진했지요. 하지만 마흔이라는 나이에 이르러 문득 깨닫습니다. 인생이란 단순히 목표를 향해 달리는 직선이 아니라, 매 순간 자신을 가꾸어가는 순환의 과정임을요.

정원은 우리에게 세 가지 중요한 가치를 일깨워줍니다.

첫째는 '기다림'이에요. 청년기에는 모든 것이 즉각적으로 이루어지기를 바랐지요. 하지만 식물은 자신만의 시간을 가지고 있어요. 씨앗은 때가 되어야 싹을 틔우고, 꽃은 계절을 기다려 피어나지요. 현대 사회는 속도를 숭배하지만, 정원은 자연의 시간, 생명의 시간은 인간이 만든 시계와는 다른 리듬으로 흐른다는 것을 가르쳐주었어요.

둘째는 '비움'이에요. 나이가 들수록 우리는 더 많은 것을 소유하려 하고, 놓치는 것을 두려워하지요. 하지만 정원사는 압니다. 때로는 가지치기가 필요하다는 것을 말이지요. 필요없는 것을 덜어내야 나무가 더 건강하게 자랄 수 있다는 것을요. 중년의 시기는 우리 삶에서도 이러한 가지치기가 필요한 때예요. 불필요한 욕심과 집착을 내려놓고, 정작 중요한 것에 집중할 수 있는 지혜가 필요한 시기지요.

셋째는 '함께함'이에요. 한 뿌리의 식물도 혼자서는 자랄 수 없어요. 흙과 물, 햇빛, 바람, 그리고 주변의 다른 생명체들과의 조화로운 관계 속에서 건강하게 자랄 수 있지요. 젊었을 때는 독립성을 강조했지만, 나이가 들수록 혼자라는 것이 얼마나 외롭고 메마른 일인지 깨닫게 되어요. 정원은 상호작용과 공존의 아름다움을 보여주었어요.

정원을 가꾸는 일은 '현재'에 충실하게 해요. 식물을 돌보는 일은 지금 이 순간에 온전히 집중할 것을 요구하지요. 중년의 우리에게 이러한 현재에의 집중은 특별한 의미를 지녀요. 과거에 대한 후회나 미래에 대한 불안에서 벗어나, 지금 이 순간을 충실히 살아가는 법을 배우게 되는 것이지요.

무엇보다 정원은 우리에게 '희망'을 줘요. 겨울이 오면 모든 것이 죽은 듯 보이지만, 봄이 되면 새로운 생명이 움트는 것처럼, 인생도 끊임없는 재생과 성장의 가능성을 품고 있어요. 마흔이 넘었다고 해서 늦은 것은 없어요. 새로운 씨앗을 심고, 새로운 꿈을 키우며, 제2의 인생을 시작할 수 있어요.

정원사는 실패를 두려워하지 않아요. 젊었을 때는 완벽을 추구했지만, 정원은 우리에게 가르쳐줍니다. 때로는 정성들여 심은 식물이 죽기도 하고, 예상치 못한 잡초들이 자라나기도 한다는 것을요. 이러한 실패와 의외성이 오히려 정원을 더욱 풍성하게 만들어준다는 것도요.

정원수업은 단순한 원예 교육이 아니에요. 그것은 삶의 중간에서 잠시 멈추어 서서, 지나온 길을 돌아보고 앞으로의 여정을 그려보는 소중한 시간이 되어 줄 거예요. 우리는 성급하게 결과를 추구하지 않아요. 과정의 충실함의 가치, 그 안에 깃든 아름다움을 알고, 기다림의 가치를 이해하며, 불완전함도 삶의 일부로 받아들일 수 있게 되지요. 인생이란 완벽한 계획이 아닌, 끊임없는 가꿈의 과정이라는 것을 정원수업을 통해 배웁니다.

숲에서 아이들과 함께 정원을 가꾸며 깨달은 것은, 우리는 서로의 정원사라는 것이었어요. 우리는 서로를 가꾸고, 서로에 의해 가꾸어지며, 그 과정에서 더욱 아름다운 삶의 풍경을 만들어가는 것이지요. 정원이 우리를 가꾸는 시간, 그것은 곧 우리가 서로를 가꾸는 시간이기도 한 것 같아요.

교류와 교감으로 성장하기

중년에 이르러 우리는 관계에 대해 다시 생각하게 됩니다. 젊은 시절에는 관계를 통해 무언가를 얻으려 했고, 타인을 통해 나를 증명하려 했지요. 하지만 이제는 그 관계들을 돌아보게 됩니다. 저는 정원을 통해서 완전히 다른 차원의 관계를 배우게 되었어요. 그것은 말없이 위로하고, 묵묵히 자신의 위치와 역할을 지켜가는 자연과의 관계입니다.

수십 년을 살아오며 우리가 잊고 있었던, 혹은 미처 발견하지 못했던 더 깊고 넓은 세계입니다. 정원에서는 모든 것이 우리의 스승이 됩니다. 나를 온전히 내려놓을수록 감각되는 세계. 햇살은 때때마다 다른 표정을 보여주고, 바람은 계

절마다 혹은 곳곳에서 다른 느낌과 색다른 느낌으로 이야
기를 걸어옵니다.

여기서 저는 '타자'에 대해 새롭게 생각하게 되었어요. 인간
관계에서의 타자는 때로 나의 기대와 욕망의 대상이 되기
쉬워요. 하지만 자연은 진정한 의미의 타자였어요. 내가 이
해할 수 없는, 내 마음대로 할 수 없는, 그러면서도 나를 변화
시키는 존재 말이에요. 자연은 나에게 무언가를 요구하지
도 않고, 내 기대에 부응하려 하지도 않아요. 그저 자신의 법
칙에 따라 흘러가며, 그 과정에서 우리에게 깊은 가르침을
주지요.

마치 우리가 걸어온 인생처럼, 자연도 끊임없이 변화하고 성
장해요. 하지만 그 변화는 우리가 경험한 사회의 변화와는
달라요. 더 느리고, 더 깊고, 더 지혜로워요. 바쁘게 몰아치
며 달려갈 때는 채 느끼지 못하는 세계입니다. 이런 깨달음
을 통해 저는 시간에 대한 새로운 인식을 갖게 되었어요. 우
리는 늘 시계의 시간, 사회의 시간에 맞춰 살아왔지요. 하지
만 자연은 다른 시간을 가르쳐주었어요. 존재의 시간, 생명
의 시간을요.

정원을 손수 가꿀 때 우리는 젊은 시절의 그 성급함을 내려
놓게 됩니다. 모든 것은 자기가 되기 위해 필요한 시간을 가

지고 있어요. 한 포기의 식물이 뿌리를 내리고 꽃을 피우기까지, 그것은 마치 우리가 한 사람의 온전한 어른으로 성장하는 과정과도 닮아있어요. 서두르지 않고, 조바심 내지 않고, 각자의 속도를 존중하는 법을 배우지요. 내 방식대로의 관심과 사랑으로는 온전한 성장을 배려하기 어렵다는 것을 정원을 가꾸며 배우는 이치입니다.

이런 과정에서 저는 돌봄의 참뜻을 깨달았어요. 진정한 돌봄이란 내 방식을 강요하는 것이 아니라, 상대의 고유한 리듬과 필요를 이해하고 존중하는 것이더군요. 식물 하나하나가 다른 조건을 필요로 하듯, 우리 삶의 모든 관계에서도 이런 세심한 배려가 필요한 것 같아요. 이는 단순한 기술이 아니라 존재에 대한 근본적 태도의 변화를 요구하는 일이었어요.

여기서 우리는 지배자가 아닌 동반자가 됩니다. 지난 세월동안 우리는 삶 가운데 너무 많은 것을 내식대로 맺어가려고 했는지 모르겠어요. 가족도, 일도, 관계도. 하지만 정원은 우리에게 가르쳐줍니다. 때로는 나를 내려놓고 놓아주는 것이, 또 기다리는 것이 더 큰 지혜라는 것을 말이지요. 잡초라고 생각했던 것이 때로는 더 아름다운 꽃을 피우기도 해요. 우리 인생의 예상치 못한 전환점들처럼 말이에요.

쉽게 단정하고 규정하던 것들에 여백을 두게 해요.

이것은 주체성에 대한 근본적 성찰을 요구하는 일이었어요. 젊은 시절 우리는 모든 것을 주도하고 통제할 수 있다고 믿었지요. 특히 자신에 대해서도요. 하지만 자연은 우리에게 다른 주체성을 가르쳐주었어요. 겸손한 주체성, 협력하는 주체성을요. 나 혼자 모든 것을 결정하는 것이 아니라, 상황과 조건에 귀 기울이고 그와 함께 호흡하는 주체성 말이에요. 일방적으로 자신을 강제하고 이끌어가려고 하는 태도에서 내면에 귀기울이며 호흡하고 조정해가는 것을요.

이러한 경험은 천천히, 그러나 확실하게 우리의 관점을 바꾸어놓습니다. 젊은 시절 우리는 늘 무언가를 이루려 압박하고 조급해하며 살아왔는지 몰라요. 하지만 이제 우리는 '당위'가 아닌 '있음'의 존재가치를 발견해요. 자연과의 교감이 깊어질수록, 각각의 존재를 존중하며 지금 이 자리에서의 충만함을 느끼게 됩니다. 우리는 더 이상 내식대로의 끊임없는 성취를 갈구하지 않아요.

이런 변화는 철학에서 말하는 존재론적 전환과 같은 것 같아요. 존재를 '해야 할 것'으로 보던 시각에서 '지금 여기 있는 것'으로 보는 시각으로의 전환 말이에요. 식물은 무언가가 되기 위해 존재하는 것이 아니라, 지금 여기에서 자신의

생명을 온전히 살아내고 있어요. 그 자체로 완전하고 의미
있는 존재지요. 우리도 마찬가지가 아닐까요?

저 역시 오랜 도시생활 속에서 몰랐던 것들을 정원에서 찾
아갔어요. 흙을 만지고,
식물을 돌보고, 계절의
변화를 온몸으로 느끼며,
잊고 있던 본연의 리듬을
회복했지요. 몸배바지에
묻은 흙, 아침 이슬에 젖
은 옷자락이 불편하지 않

았어요. 오히려 그것은 삶의 자연스러운 일부가 되어, 나를
더욱 충실한 현재로 이끌어주었거든요.

우리는 너무 오랫동안 머리로만 살아왔어요. 하지만 이곳
정원은 온몸으로 경험하는 세계였어요. 손으로 흙을 만지
고, 코로 꽃향기를 맡고, 귀로 바람소리를 듣고, 온 피부로
계절의 변화를 느끼는 일. 이런 감각적 경험들이 우리에게
새로운 앎을 가져다주었어요. 책에서 배울 수 없는, 몸이 기
억하는 지혜 말이에요.

자연은 중년의 우리에게 특별한 위안이 되어줍니다. 끊임없
이 흐르는 물처럼 시간도 흘러가지만, 그 물이 자신의 길을

만들어가듯 우리도 우리만의 길을 만들어갈 수 있어요. 험한 벼랑에서도 꿋꿋이 자라는 소나무처럼, 우리도 어떤 역경 속에서도 우리만의 방식으로 성장할 수 있어요. 자연은 우리에게 가장 깊은 지혜를 말없이 가르쳐 줍니다.

자연에서 배우는 이런 지혜는 단순한 비유나 은유가 아니에요. 그것은 생명에 대한 근본적 통찰이지요. 생명은 어떤 조건에서도 자신만의 방식으로 살아내려 한다는 것, 그리고 그 과정에서 예상치 못한 아름다움을 창조해낸다는 것을요. 중년의 우리에게 이런 깨달음은 의미가 특별해요. 아직 늦지 않았다는 것, 새로운 방식으로 살아갈 수 있다는 희망을 주니까요.

이제 우리에게 필요한 것은 새로운 관계의 지평을 여는 것이에요. 경쟁과 성취 중심의 관계를 넘어, 자연과의 깊은 교감을 통해 우리 존재의 의미를 다시 발견하는 것. 이는 젊은 시절의 막연한 이상이 아닌, 우리 삶의 구체적인 실천이 될 수 있게 해요. 정원은 바로 그 시작점이 되어주지요.

여기서 말하는 관계의 지평이란 단순히 새로운 사람들을 만나는 것이 아니에요. 기존의 관계를 바라보는 관점 자체가 달라지는 것이지요. 가족을, 친구를, 동료를 바라볼 때도 자연에서 배운 그 겸손하고 인내심 있는 시선으로 바라보게 되는 거예요. 상대를 내 방식으로 바꾸려 하지 않고, 그들의 고유한 리듬과 성장 과정을 존중하게 되는 것이지요.

우리가 중년에 발견하는 자연과의 관계는, 젊은 시절에는 미처 이해할 수 없었던 깊이를 지닙니다. 그것은 마치 오랜 시간 동행해온 벗처럼 편안하면서도, 늘 새로운 깨달음을 주는 관계에요. 이제 우리는 압니다. 진정한 성장이란 끊임없는 확장이 아닌, 깊어짐에 있음을요. 정원은 우리에게 그 깊어짐의 지혜를 가르쳐줍니다.

젊었을 때는 더 많이, 더 빨리, 더 높이를 추구했지요. 하지만 중년에 들어서면서 우리는 깊이의 가치를 발견하게 되어요. 하나의 관계를 더 깊이 이해하고, 하나의 순간을 더 온전히 경험하고, 하나의 일을 더 정성스럽게 해내는 것

의 소중함을요. 자연은 바로 이런 깊이의 스승이었어요.

중년이라는 시기에 우리가 자연과 맺는 관계는, 단순한 취미나 여가 이상의 의미가 있어요. 그것은 우리 존재 방식의 근본적 전환을 의미하지요. 소유하고 지배하려는 태도에서

함께 존재하고 서로를 돌보는 태도로의 전환. 이런 변화가 우리 삶의 모든 영역에 스며들 때, 우리는 비로소 성숙한 중년의 지혜를 얻게 되는 것 같아요.

정원에서 배운 이 모든 것들이 결국 우리에게 가르쳐주는 것은, 삶이란 함께 키워가는 것이라는 진실입니다. 혼자서는 아무것도 할 수 없고, 함께할 때 비로소 아름다운 것들이 피어날 수 있다는 것을요. 자연과의 새로운 관계 속에서, 우리는 진정한 동반자가 되는 법을 배우고 있는 것 같아요.

성장을 돕는 사람되기

도시의 번잡함을 벗어난 곳, 자연이 숨 쉬는 터전에서 저는 자람도우미로 살아왔습니다. 이곳 대안학교에서는 교사를 '자람도우미'라 부르고, 학생과 교사 모두 자신이 이루고픈 것을 별칭으로 만들어 부르지요. 단순한 명칭의 변화가 아닌, 그 속에는 깊은 철학이 담겨 있어요. 모든 존재는 자라나는 중이며, 학생, 교사, 학교도 모두 변화하고 성장하는 과정에 있음을 인식하게 되지요.

이 말이 처음엔 당연해 보였지만, 시간이 지나면서 점점 더 깊은 의미로 다가왔어요. 우리는 언제부터 자신을 '완성된 존재'로 여기게 되었을까요? 언제부터 새로 배우고 성장하는 일을 젊은이들만의 몫으로 돌려버렸을까요? 마흔을 넘

긴 중년의 나에게, 그리고 우리 모두에게 '자람도우미'라는
개념은 근본적인 질문을 합니다. 과연 우리는 언제 완성되
는 존재일까요?

아이들과 함께 지내며 가장 깊이 깨달은 것은 이것입니다.
새로운 세계를 내 안에서 먼저 열지 않으면, 그 세계가 존
재하는지조차 알 수 없다는 것이지요. 자람도우미로서 저

는 매일 아이들의 '처음'
을 목격해요. 처음 농사
를 지어보고, 처음 집을
지어보고, 처음 자신만의
정원을 디자인해보는 순
간들이에요. 그들의 서툰
시도와 실패, 그리고 마

침내 꽃피우는 성취의 순간들을 지켜보며 저는 생각하게 되
어요. 아이들과 달리 우리 중년들은 언제부터 '처음'을 두려
워하게 되었을까 하고요.

이 깨달음은 이제 중년을 살아가는 저와 우리 모두에게 더
욱 절실한 메시지가 아닐까 해요. 안정된 삶이 주는 편안함,
익숙한 일상이 주는 안도감…. 그것들은 때로는 우리를 가
두는 울타리가 되기도 해요. 우리는 모르는 사이에 자신을

고정된 틀 안에 가두고, 새로운 가능성에 대해 문을 닫아버리게 되는 것 같아요.

여기서 가능성에 대한 철학적 성찰이 필요해 보여요. 가능성이란 단순히 외부에 존재하는 것이 아니더군요. 그것은 우리가 그것을 인식하고 받아들일 준비가 되어 있을 때 비로소 현실이 되는 것이에요. 마치 씨앗이 적절한 토양과 조건을 만났을 때 비로소 싹을 틔우는 것처럼, 가능성도 우리 내면이 준비되었을 때 현실이 되는 것이지요.

중년의 우리가 새로운 가능성을 발견하려면, 먼저 내면에서 그 가능성을 받아들일 수 있는 여지를 만들어야 해요. 이것이 제가 아이들에게서 배운 가장 소중한 지혜예요. 아이들은 자신이 무엇을 할 수 있는지 미리 제한하지 않아요. 그들에게는 모든 것이 가능해 보이고, 그래서 실제로 많은 것들이 가능해지지요.

그렇다면 우리는 어떻게 내면의 가능성을 다시 열 수 있을까요? 먼저 우리가 스스로에게 붙인 '완성된 존재'라는 꼬리표를 벗겨내야 해요. 나이가 들수록 우리는 자신을 정의하고 규정하려 하지요. '나는 이런 사람이야' '나는 저런 건 못해' '내 나이에 그런 걸 어떻게 해'라고 말하면서요. 하지만 이런 자기 규정이야말로 새로운 가능성을 가로막는 가장 큰 장벽일 수 있어요.

아이들은 시작을 두려워하지 않아요. 서투른 시도, 때로는 실패하는 모습까지도 모두 성장의 과정으로 봐요. 여기서 우리가 배워야 할 것은 '처음'의 존재론적 의미예요. 처음이란 단순히 경험의 부족을 의미하는 것이 아니라, 세상을 새로운 눈으로 바라볼 수 있는 능력을 뜻하는 것 같아요. 아이들이 가진 이런 신선한 시선을 우리도 되찾을 수 있다면, 중년의 삶도 얼마나 풍요로워질까요?

이런 관점에서 보면, 중년이라는 시기는 오히려 새로운 가능성의 시작점이 될 수 있어요. 우리에게는 젊은이들에게 없는 것이 있거든요. 바로 깊이 있는 경험과 성숙한 판단력이지요. 하지만 동시에 우리는 아이들이 가진 열린 마음과 도전 정신을 되찾을 필요가 있어요. 경험과 신선함의 변증법이라고 할까요? 경험이 많아질수록 새로움을 받아들이기 어려워지는 것이 일반적이지만, 진정한 지혜는 경험을 바탕으로 하면서도 늘 새로운 것에 열려있는 태도에서 나오는 것 같아요.

자람도우미로서의 경험은 저에게 성장에 대한 새로운 정의를 가져다주었어요. 성장이란 단순히 무언가를 더 많이 알거나 더 많이 가지는 것이 아니더군요. 그것은 자신과 세상

에 대한 이해가 깊어지고, 관계가 풍부해지고, 존재의 질이
달라지는 과정이었어요. 이런 성장은 나이와 상관없이 계속
될 수 있는 것이지요.

진정한 교육이란 서로를 가르치고 배우는 상호적 과정이라
는 것을 깨달았어요. 나
는 아이들을 가르치지만,
동시에 아이들에게서 배
우고 있어요. 이런 상호성
이야말로 성장의 핵심이
아닐까요? 중년의 우리
도 마찬가지예요. 우리는

젊은이들에게 경험과 지혜를 전해줄 수 있지만, 동시에 그
들의 신선한 시각과 에너지로부터 배울 수 있어요.

나이가 많다고 해서 가르치기만 하는 존재가 되어서는 안
되고, 나이가 적다고 해서 배우기만 하는 존재도 아니지요.
모든 존재는 서로에게 스승이자 제자가 될 수 있어요. 이런
인식의 전환이야말로 중년의 우리가 다시 자라나는 존재가
되는 출발점인 것 같아요.

그렇다면 우리는 어떻게 이런 열린 마음을 회복할 수 있을
까요? 저는 작은 실천에서 시작할 수 있다고 봐요. 오늘 하

루, 작은 것 하나라도 새롭게 시도해보는 것이에요. 새로운 책을 읽어보거나, 새로운 사람을 만나보거나, 새로운 길을 걸어보거나, 아니면 그저 평소와 다른 관점으로 일상을 바라보는 것만으로도 충분해요.

중요한 것은 자신에 대한 고정관념을 버리는 것이에요. '내 나이에 뭘' '지금 와서 뭘 해봐야'라는 생각을 내려놓는 것이지요. 마흔, 혹은 쉰이라는 나이는 끝이 아닌 새로운 시작이 될 수 있어요. 아이들이 자연 속에서 자신만의 리듬을 찾아가듯, 우리도 우리만의 속도로 새로운 길을 만들어갈 수 있어요.

자연에서 일하며 저는 '기다림'의 미학을 배웠어요. 씨앗이 싹을 틔우고 자라나기까지 시간이 필요하듯, 우리의 변화와 성장도 적절한 시간이 필요해요. 성급하게 결과를 기대하거나, 즉각적인 변화를 요구하지 않는 것. 진정한 변화는 천천히, 그러나 확실하게 일어나거든요.

'더불어 성장'의 가치도 중요하지요. 개인의 성장은 결코 개인만의 일이 아니에요. 우리는 관계 속에서 성장하고, 타인과의 상호작용을 통해 새로운 자신을 발견해요. 중년의 우리에게도 이런 성장 공동체가 필요하지 않을까요? 서로의 변화를 응원하고 격려하는 동반자들과 함께 새로운 도전을 시작하는 것 말이에요.

무엇보다 중요한 것은 성장에는 정해진 시간표가 없다는 것을 받아들이는 것이에요. 우리 각자는 자신만의 고유한 성장의 리듬이 있어요. 서두르지 말고, 조급해하지 말고, 우리만의 속도로 새로운 자신을 발견해나가면 되는 것 같아요.

결국 '자람도우미'라는 개념이 중년의 우리에게 주는 가장 큰 선물은 우리는 여전히 자라나는 존재이고, 그 성장의 과정 자체가 삶의 가장 큰 의미라는 깨달음 말이에요. 완성을 향해 달려가는 것이 아니라, 매 순간 새로워지고 깊어지는 과정으로서의 삶. 그런 삶을 살 때 우리는 나이와 상관없이 언제나 신선하고 생동감 넘치는 존재가 될 수 있을 것 같아요.

Chapter 3

여름, 아웃도어 스포츠

경험과 피드백, 성장의 원천

자연과 함께 즐기며 배우는 삶의 교훈

언제나 새로운 경험에는 설렘과 두려움이 함께 합니다. 도전을 통한 새로운 세계를 맛보는 데에는 아웃도어 스포츠만한 게 없습니다. 여름, 카약을 배우며 자연과 함께 즐기며 새로운 세계를 경험하고 호연지기를 배우게 되죠. 실패하고, 다시 시도하며 배웁니다. 자연은 넘어짐을 부끄러워하지 않습니다. 그렇게 매순간 성장하고 있음을 보여주며 삶 또한 그러함을 배웁니다.

산과 강이 멋지게 어우러지는 곳에서 강물과 함께 떠내려가기를 하면서 자연과 친해지는 시간 그리고 자기 구제와 타인 구제를 배웁니다. 저는 인생에서 매우 중요하게 익혀야 하는 자세로 인식하였어요. 살면서 자기 구제에 대한 별반 의식이 없을 텐데 경각심을 가지게 되더군요.

생존의식과 기술, 위기대응력을 익히는 시간이기도 하여 매우 중요하게 다가왔어요. 배가 뒤집어졌을 경우 스스로 탈출해 나오는 법, 서로 돕는 방법 등. 다양하게 노젓는 법(패들링하는 법), 균형잡아 나아가고 회전하기 등. 학생들은 어른들과 달리 대부분 선뜻 다가서고 때론 매우 도전적인 모습을 보입니다.

가장 흥미로우면서도 극적이며 주된 관심사는 에스키모 롤(Eskimo roll)*이라고 할 수 있어요. 이것은 쉽지 않아 여러 차례 실패를 거듭하기도 하고, 때로는 물을 듬뿍 먹게도 하지요. 이 과정을 통과했을 때의 기쁨은 대단합니다. 여러 수난의 과정을 겪으며 투어를 하게 될 때의 감격과 성취의 기쁨은 매우 큽니다. 학생들 사이에서 난관을 함께 겪는 동료들

---

* 카약을 탈 때 사용하는 전복 복귀 기술을 말합니다.

에게 가지는 관심과 격려 또한 큽니다. 안전을 위해 선배들은 돌아가며 강가를 지킵니다. 그 과정에서 책임의식을 배우게 됩니다. 또 역할을 나누어 수행하면서 팀워크를 배우는 중요한 경험도 하게 되지요.. 안전, 진행, 식사, 촬영 등이 있고 상황에 따라 전체가 기민하게 협동하며 움직입니다. 하루를 마치고 나면 무거운 카약배들과 장비들을 보관하는 등 모두 능동적인 역할과 참여를 하게 되죠. 이 모든 게 삶의 훈련이라 할 수 있어요..

아웃도어 스포츠를 통해서 저는 아이들의 자유로움을 봅니다. 겁을 내지도 않고, 겁을 내었다가도 동료애로 이내 수그러들고, 신나게 카약의 과정을 배우고 익히면서도 즐길 줄도 아는 모습을 엿보게 되지요.. 경계심과 두려움이 많은 어른과는 대비되는 모습입니다.

저는 도시의 아스팔트 위에서 자랐기에 자연과 함께 한 경험이 거의 없습니다. 겁도 많아 아웃도어 스포츠는 저와는 먼 이야기였어요.. 그 겁을 뛰어넘어 참여하니 두려움을 넘어가는 이치와 함께 가슴이 활짝 열리며 신나는 세계를 자연에서 맛보게 되더군요. 자기 구제와 타인 구제의 시간에 그야말로 매우 큰 교훈을 얻었어요.. 카약배가 뒤집혔을 때 겁내지 않고 상황을 응시하며 대응하니 저도 되더군요. 또 배가 떠내려가는 순간에도 때를 놓치지 않고 대응해야 하고, 타인에게 도움을 청하는 것 또한 적절한 때를 놓치지 않아야 위험하지 않다는 것도 배웠어요.

그 안에서 저를 보게 되더군요. 주저해서 상황을 놓칠 수 있음을요. 바람이 불어올 때의 도강에서는 바람의 방향과 물의 흐름을 몸으로 감지하며 노를 저어야 밀리지 않고 넘어갈 수 있었어요. 처음 강물 따라 떠내려갈 때 역시 겁내지 말고 물과 하나되자는 마음으로 했더니 순조로웠고요. 인생의 때때마다 저항하거나 거스르지 않고 그 상황을 잘 인식하며 길을 모색해야 함을 배웠습니다. 자연은 인생의 벗으로 삼기에 너무 근사한 스승입니다.

여름의 강가에서 우리는 서로 다른 모습들을 만납니다. 자연스럽게 물과 어우러지며 즐기는 이들이 있는가 하면, 온몸에 힘을 잔뜩 주고 경직된 채 앞으로 나아가지 못하는 이들도 있어요. 마치 우리의 삶처럼. 어떤 이들은 중년이라는 시기를 새로운 도전의 기회로 삼는가 하면, 또 어떤 이들

은 안전지대를 벗어나지 못한 채 머무르기도 할 겁니다. 아이들은 우리에게 가르쳐 줍니다. 두려움은 자연스러운 것이며, 그것을 인정하고 받아들이는 것에서부터 진정한 도전이 시작된다는 것을 말이지요.

카약은 우리에게 깊은 삶의 지혜를 전합니다. 힘을 빼고 물의 흐름에 자신을 맡길 때 오히려 더 자연스럽게 앞으로 나아간다는 것을요. 그 속에서 자신만의 방향을 찾아가는 지혜가 필요함을요. 중년의 우리도 마찬가지가 아닐까요? 모든 것을 아는 한도에서 통제하려 하고, 실수하지 않는 것을 완벽이라 여기면서 오히려 우리의 발목을 잡고 있는 것은 아닐까 생각해볼 만합니다. 그것이 바로 카약이 우리에게 가르쳐주는 교훈입니다.

가장 중요한 배움은 '자기 구제'의 원칙입니다. 물에 빠졌을 때 스스로를 구할 줄 알아야 하고, 동시에 다른 이를 도울 줄도 알아야 함께 살아나고 살아갈 수 있다는 것이지요. 이는 중년의 위기나 전환의 시기를 맞이한 우리 역시 스스로를 일으켜 세울 줄도 알아야 하고, 같은 시기를 지나는 이들과 서로를 도울 줄도 알아야겠어요. 청소년들은 이것을 자연스럽게 보여줍니다. 서로가 진심어린 격려와 도움의 손길들로 힘을 낼 수 있게 하는 모습에서 말입니다.

자연은 우리에게 특별한 선물을 줍니다. 거센 물살 속에서도 물이 잔잔하게 회오리치며 만드는 작은 되돌이물살[**]로 말이지요. 물의 흐름 따라 카약을 타고 내려가는 중에 잠시 머물러 숨을 고르고 다음 여정을 준비할 수 있어요. 우리의 삶에도 이런 순간이 필요합니다. 끊임없이 앞으로만 달려갈 필요는 없는 겁니다. 때로는 멈춰 서서 숨을 고르고, 주위를 둘러보며, 다음 흐름을 준비할 수 있는 용기가 필요합니다.

가장 아름다운 순간은 강을 따라 유유자적 흘러가는 시간입니다. 그야말로 자연과 하나가 되는 순간이지요. 비로소 깨닫게 되는 건, 삶이란 통제하고 저항하는 것이 아닌, 흐름과 조화를 이루는 것임을요. 학생들의 밝은 웃음소리가 강변에 울려 퍼질 때, 우리는 잃어버렸던 순수한 기쁨을 다시 만나게 됩니다.

청소년들과 함께한 시간은 우리에게 잃어버린 것들을 다시 찾게 해주었습니다. 그들의 맑은 웃음소리, 실수해도 다시 일어서는 용기, 새로운 것 앞에서 느끼는 순수한 호기심. 이런 것들은 우리도 한때 가지고 있었지만, 어느새 잃어버린

[**] 에디(eddy)라고 부르며, 우리 말로는 되돌이물살, 물쉼터 정도로 해석할 수 있습니다. 상대적으로 잔잔하고 메인 물살보다 속도가 느리거나 하는 구간으로, 잠깐 쉬거나 멈춰 서기도 하는 구간. 강의 흐름에서 벗어나 숨을 고르고, 다시 나아갈 방향을 정하는 자리입니다.

삶의 보물들입니다. 그들은 자연스럽게 서로를 돕고, 실수를 두려워하지 않으며, 매 순간을 온전히 즐길 줄 압니다.

삶이라는 강물 위에서, 이제 우리도 새로운 항해를 시작할 때입니다. 두려움은 있겠지만, 그것을 뛰어넘을 때의 기쁨을 기억하면서요. 불완전할지라도, 그 속에서 새로운 가능성을 발견하며 혼자가 아닌, 함께 나아가는 여정을 시작해보세요. 중년이라는 시기는 우리가 잃어버린 순수한 열정과 도전 정신을 되찾는 또 다른 기회가 될 수 있습니다. 마치 끝임없이 흘러가는 강물처럼, 우리의 여정도 그렇게 계속되면 좋겠어요.

성장하는 사람의 조건

인생이라는 정원에서 우리는 각기 다른 시기에 꽃을 피우지요. 어떤 이는 이른 봄에 화사하게 피어올라 모두의 시선을 사로잡고, 어떤 이는 늦가을에 조용히, 그러나 단단하게 자신만의 색을 드러내지요. 저는 아이들을 만나며 깨닫게 됩니다. 성장에는 정해진 시간표가 없다는 것을요. 그리고 그것은 중년의 우리에게 더없는 위로가 됩니다.

아이들과 함께 하며 보게 되는 매우 놀라운 순간들이 있어요. 어떤 이유에서든지 냉소적인 아이가, 혹은 우울하고 의지없던 아이들이 어느 계기를 맞으며 자신만의 빛을 환하게 밝혀낼 때의 모습들을 볼 때입니다.

별다른 욕구도, 의지도 없어 보이던 아이가 자신만의 계절을 만났을 때는 놀랍게 변화하기 시작하였어요. 아웃도어 스포츠 프로젝트를 할 때인데, 내면에서 솟구치는 무언가가 있었는지 운동을 하기 시작했어요. 체력도 약한 편이었는데 열심히 했어요. 카약 실습에서도 적극적이고 열심히 하여 때마다의 관문을 다 통과했지요. 안타깝게 마지막 카약배 뒤집기에서 성공하지는 못했어요. 근력으로 받쳐냈어야 하는 데 말이지요. 하지만 그 뒤부터 달라지기 시작했어요. 의욕적이고 진취적인 자세를 보이며 성장세를 보이기 시작했지요. 자기다움을 발현하면서 '함께' 성장할 줄 아는 그룹 내 리더가 되었지요.

어떤 계기를 통해서 물꼬가 트이면, 자신감이 생기고 자기다움을 발현하기 시작하면서 아이는 자기 힘으로 성장하게 됩니다. 그렇다고 해서 늘 순항하는 건 아닙니다. 실패나 시행착오는 반드시 있으니까요. 하지만 그런 경험 속에서 어떻게 개선할지를 찾고 긍정적이고 적극적으로 실천해 나갈 것인가가 관건이란 생각이 들어요.

자람도우미로서 저는 보았습니다. 실패가 성장의 가장 큰 촉매제가 되는 순간들을요. 한 아이는 마지막 시험에서 실패했지만, 그 좌절이 오히려 더 큰 성장의 전환점이 되었듯이요. 중년의 우리도 실패를 두려워할 필요가 없어요. 오히려 그것은 우리를 더 단단하게 만드는 자양분이 될 수 있음을 믿어요.

아이들은 자신의 삶을 스스로 설계하고 이끌어가는 법을 배워요. 중년의 우리에게도 이것이 필요해요. 나이가 들었다고 해서 타인이나 환경에 휘둘리는 삶이 아닌, 스스로의 중심을 잡고 방향을 설정하는 삶. 그것이 진정한 성장의 시작이라 생각합니다. 우리 안의 장애물을 바라보는 시각도 바뀌어야 해요. 외부의 환경이나 조건을 탓하기보다, 내면의 두려움, 자기부정, 고정관념을 직시하고 극복해야 하는 거지요. 이는 쉽지 않은 과정이지만, 그것이 바로 중년기 성장의 핵심이라 생각해요.

성장은 결과가 아닌 과정이에요. 아이들을 보며 깨달았어요. 좌절과 실패, 시행착오가 모두 소중한 배움의 순간이라는 것을 말이지요. 중년의 우리도 마찬가지입니다. 지금 이 순간 우리가 겪는 모든 경험이, 더 단단하고 성숙한 나를 만들어가는 소중한 재료가 됨을 잊지 맙시다.

자연에 살면서 인상적이었던 것은 성장에는 때가 있다는 사실이에요. 모든 꽃이 봄에 피어나지는 않아요. 어떤 꽃은 한여름의 뜨거운 햇살 아래에서, 어떤 꽃은 차가운 겨울 속에서 자신만의 아름다움을 피워냅니다. 중년이라는 시기 역시 우리만의 고유한 꽃을 피워낼 수 있는 특별한 계절이 아닐까 싶어요.

삶의 여정에서 우리는 종종 자신을 너무 몰아세웁니다. 완벽해야 한다는 강박, 무언가를 이뤄야 한다는 압박감, 성취에 대한 조급함. 자신을 여유롭게 안아내지 못하며 억압하는 등 하지만 아이들과 함께 하며 저는 깨달았어요. 진정한 성장이란 그런 것이 아니라는 것을요. 오히려 자신을 온전히 받아들이고 인정하는 데서 시작된다는 것을 말이지요.

매우 성실하고 꾸준하게 노력하는 한 학생이 있었어요. 늘 계획을 세우고 자기 훈련을 게을리하지 않았지만, 그 모든 노력 속에서 그는 자신을 사랑하는 법을 잊고 있었어요. 중년의 우리 모습과 얼마나 닮아있는지요. 우리도 끊임없는 자기 개선과 계발, 성장이라는 이름으로 정작 가장 자신을 있는 그대로 받아들이고 사랑하는 법을 잊고 살지는 않는지요?

매우 중요한 이치를 우리는 놓치곤 합니다. 바로 '있는 그대로를 수용하며 보살피며 북돋을 줄 아는 자기 사랑'을 잃지 않아야 한다는 것을요. 그 사랑 안에서 진정한 에너지가 생성되며 커지는 것을 절실히 느끼고 또 곡도하곤 합니다. 우리는 자신을 부리려고만 하지 않는지 돌아보아야 해요.

성장이란 외적인 성취나 발전만을 의미하지 않아요. 그것은 내면의 지혜가 깊어지는 과정이며, 자신과 더 깊이 화해하는 여정이란 생각이 듭니다. 마치 오래된 나무가 더 깊이 뿌리를 내리고, 더 풍성한 그늘을 만들어가는 것처럼요. 중년이란 바로 그런 시기가 아닐까요?. 겉으로는 더디게 보일지 몰라도, 내면에서는 더 깊은 성장이 일어나는 시간일 겁니다.

우리는 종종 잊습니다. 모든 존재가 완벽할 필요는 없다는 것을요. 오히려 그 불완전함이 우리를 더 인간적이고 매력적으로 만들곤 하지요. 청소년들은 이것을 본능적으로 압니다. "실수해도 괜찮아, 다시 시작하면 돼." 이런 단순하지만 근본적인 진리를 그들은 자연스럽게 받아들일 줄 알아요. 중년의 시기야말로 이런 근본적인 자기 존중과 수용이 필요한 때입니다. 지금까지의 삶이 완벽하지 않았다고 해서 추궁할 필요가 없고, 실패와 시행착오를 했다그 해서 앞으로의 삶도 부정적인 필요가 없다고 생각합니다. 단단한 성찰의 지표를 가지고 새롭게 나아가 볼 수 있어요. 우리에게는 여전히 수많은 가능성이 열려있습니다. 다만 그 가능성을 발견하기 위해서는 먼저 자신을 향한 따뜻한 시선이 필요한 거지요.

성장이란 결국 자신을 얼마나 믿고 사랑하느냐의 문제입니다. 마치 정원사가 각각의 식물이 저마다의 시기에 꽃을 피울 것을 믿고 기다리듯이, 우리도 자신을 그렇게 대할 수 있기를 바라요.

중년이란 어쩌면 우리 인생에서 가장 풍성한 계절일지 모릅니다. 젊은 시절의 성급함은 지나고, 아직 충분한 열정과 에너지가 남아있는 시기. 경험이라는 자산이 있으면서도, 새로운 도전을 할 수 있는 여력이 있는 때. 이제는 더 이상 남들의 시선이나 사회의 기준에 얽매이지 않고, 진정 자신만의 색깔로 피어날 수 있는 시간이 아닐까요?

제2의 생애를 살아야 하는 시대에 서 있습니다. 그간의 삶의 성찰에서 얻는 지혜와 내적인 힘을 나다운 삶으로 다시 시작해 볼 수 있는 절호의 기회로 받아들일 수 있지 않을까요?

우리의 성장은 여전히 현재진행형입니다. 다만 그 성장의 방향이 젊은 시절과는 달라질 수 있어요. 외적인 성취보다는 내면의 풍요로움을, 빠른 속도보다는 깊이 있는 변화를, 화려한 성과보다는 진정성 있는 발전을 추구하는 것. 그것이 바로 중년기 성장의 특별함이 아닐까 합니다.

자문하는 철학적 물음

- 중년에 이름을 붙인다면, 어떻게 지을 수 있을까요? 나에게 중년이란 어떤 의미인가요?

- 진정한 성장이나 성공은 무엇이라 생각하시나요?

- 중년의 시기를 잘 헤쳐나가기 위한 요소들에는 무엇이 있을까요?

- 중년의 시기를 맞으며, 나의 현 좌표는 어떤 모습을 하고 있다고 생각하시나요?

- 나의 인생에서 중요하게 여기는 가치에는 어떤 것들이 있을까요? 나의 자원이나 자산을 한번 점검해보세요(자원은 잠재적인 에너지와 현재의 능력이고, 자산은 훈련과 축적된 능력입니다).

일상의 작은 실천

- 익숙한 삶의 모습이나 패턴을 벗어나서 일상의 변화 하나를 시도해 보세요.

- 전혀 해보지 않는 낯설은 상황이나 실천을 한 가지 도전해 보시면 어떨지요?

- 하루를 시작하며 격려나 수용의 자세로 자신에게 말을 걸어주세요.

Chapter 4

집 짓는 이야기

함께 만드는 삶

직접 지은 집, 희망을 짓다

"우리가 살 새 집이라고?"

아이들의 목소리가 아직도 귓가에 맴돕니다. 너무도 설레고 신나하던 그 표정들을요. 집을 짓는다는 것, 그것이 결코 쉽지 않은 과정일 텐데도 아이들에게는 우려나 투덜거림이 없었어요. 오히려 지금의 여러 불편함을 덜어내고 나만의 공간을 가지게 된다는 것에 희망만 가득했어요.

그때 저는 몰랐습니다. 아이들이 보여준 그 태도 속에 중년의 우리가 잃어버린 무언가가 숨어 있다는 것을요. 아니, 정확히 말하면 우리가 언제부턴가 스스로 포기해버린 무언가가 있다는 것을요.

숲에서 아이들과 함께 지내며 수많은 경험을 했지만, 집짓기 만큼 저를 당혹스럽게 한 것은 없었던 것 같아요. 제가 생각 했던 희망과 아이들이 보여준 희망 사이에 근본적인 차이가 있기 때문이었어요.

집짓기는 복잡하고 지난한 과정이었습니다. 바람 한 점 없이 무덥기도 하고, 비가 오기도 하고, 공정마다 배우고 익혀야 하는 것들이 많고 서툴기에, 맘 같지 않게 움직여지지 않기 도 해요. 피로하여 서로 마음과 손발을 맞추는 게 유독 힘든 날도 있었고, 집에 대한 이론적인 공부, 도구의 이름과 사용 법, 매일 하는 브리핑 시간까지 정신없이 바쁘게 움직였어요.

그런데 아이들은 이 모든 과정을 견뎌냈지요. 아니, 견뎌낸 다는 표현조차 적절하지 않을 것 같아요. 그들은 그 과정을 살아냈어요. 때로는 즐기기까지 하면 서요. 그 비밀이 무엇일까 생각하다가, 문득 이런 생각이 들었습니다. '희  망은 결과가 아니라 현재를 즐기도록 만드는 힘이 아닐까' 하는 생각 말이에요.

우리는 언제부턴가 희망을 잘못 이해하고 있었던 것은 아닐까 싶어요. 희망을 무언가 얻어야 할 대상으로, 혹은 도달해야 할 목적지로 여기고 있었던 것은 아니었을까요. 저에게 아이들이 보여준 희망은 달랐어요. 그것은 현재를 살아갈 수 있게 해주는 내면의 에너지였지요.

생각해보면 우리가 흔히 말하는 희망은 대부분 조건부입니다. '이것만 이루어지면' '저것만 해결되면' 하는 식으로요. 하지만 아이들의 희망은 무조건적이었어요. 완성된 집에 대한 기대가 있었지만, 그것보다는 지금 이 순간, 자신들의 손으로 무언가를 만들어가고 있다는 사실 자체에서 기쁨을 찾고 있었거든요.

이것이 매우 놀라웠어요. 희망이 미래에만 있는 것이 아니라, 현재의 매 순간을 의미 있게 만들어주는 힘이 아닐까 하는 생각이었으니까요. 아이들은 힘든 과정 속에서도 희망을 잃지 않았던 것이 아니라, 그 과정 자체가 희망의 실현이었던 것일지도 모르겠어요.

그렇다면 중년의 우리에게 희망이란 무엇일까요? 중년이라는 시기는 많은 경험이나 경력이 쌓여 있으면서도, 이런 전체가 흔들리게 되는 애매하고 모호함을 지니기도 해요. 이것이 중년의 특권이자 고통일 수 있어요. 그렇기에 우리는 이 지점에서 스스로에게 근본적인 질문을 던지게 되지요. '내가 정말 무엇을 원하는가?' '나는 그동안 무엇을 위해 살아온 것인가?' '앞으로 무엇을 향해 살아가야 하는가?' 같은 질문들 말이에요.

이런 질문들은 때로 고통스러워요. 지금까지의 삶이 의미 없었던 것은 아닌가 하는 회의감이 들기도 하고, 앞으로 무엇을 해야 할지 막막함을 느끼기도 하지요. 하지만 이런 혼란과 방황 자체가 희망을 향한 여정의 시작일 수 있지요. 왜냐하면, 진정한 희망은 확신에서 나오는 것이 아니라 절실함에서 나오는 것이 아닐까 생각하기 떠문이에요. 아이들이 집짓기에 몰입할 수 있었던 것도 그들에게 절실함이 있었기 때문일 거예요. 자신들만의 공간에 대한, 뭔가 새로운 것을 만들어내고 싶다는 절실함 말이에요.

중년의 우리에게도 이런 절실함이 필요한 것 같아요. 그런데 이 절실함은 젊은 시절의 그것과는 성격이 달라요. 젊은 시절의 절실함이 무언가를 얻기 위한 것이었다면, 중년의 절실함은 무언가를 이해하기 위한 것에 가까워요.

지금 우리에게는 무엇보다 자신에게 질문할 용기가 필요한 것 같아요. '내가 정말 무엇을 원하는가?'라는 질문은 쉬워 보이지만 실제로는 가장 어려운 질문 중 하나예요. 왜냐하면, 이 질문에 답하기 위해서는 지금까지 내가 당연하게 여겨온 많은 것들을 의심해봐야 하기 때문이지요.

'나는 그동안 무엇을 위해 살아온 것인가?'라는 질문도 마찬가지예요. 이 질문은 때로 우리를 당혹스럽게 만들어요. 명확한 답이 나오지 않을 때가 많거든요. 하지만 그 당혹스러움 자체가 소중한 것일 수 있어요. 그것은 나에 대한, 우리의 삶에 대한 '가치'를 발견하게 되는 시점이 되고, 우리가 여전히 성장할 여지가 있다는 증거이니까요.

이때 중요한 것은 성급하게 답을 구하려 하지 않는 것이에요. 집짓기가 하루아침에 완성되지 않듯, 자기 이해도 오랜 시간이 걸리는 과정이거든요. 그리고 그 과정 자체에서 의미를 찾는 것이 중요해요.

아이들이 집짓기 과정에서 느낀 기쁨을 보면 이런 생각이 들어요. 그들의 기쁨은 완성된 집에서만 온 것이 아닌 것 같았어요. 함께 땀 흘리고, 때로는 실수하고, 서로 도우며 보낸 그 시간 자체에서 더 큰 기쁨을 얻고 있는 것처럼 보였거든요.

여기서 문득 이런 생각이 듭니다. 진정한 기쁨과 행복은 거창한 성취나 완성에서 오는 것이 아니라, 소소한 일상의 순간들에서 오는 것이 아닐까요? 그리고 그런 순간들이 쌓여

하나의 의미 있는 이야기가 되는 것은 아닐까요? 중년의 우리가 지금까지 살아온 시간들도 마찬가지일 거예요. 어찌보면 그 모든 과정들이 어떤 형태로든 가치 있고 의미 있었을 거예요. 다만 그것들을 어떤 관점으로 바라보느냐, 어떤 맥락에서 이해하느냐의 문제일 수 있어요.

집짓기에서 여러 재료들이 하나의 완성된 건물로 탄생하듯, 우리의 삶의 경험들을 새로운 이해와 새로운 희망을 통해서 하나의 의미있는 이야기로 재구성할 수 있어요. 지금까지의 삶을 실패나 좌절로 보는 것이 아니라, 새로운 시작을 위한 소중한 재료로 보는 관점의 전환이 필요한 것이지요.

이것이 바로 희망의 힘인 것 같아요. 희망은 과거를 의미 있게 만들고, 현재를 견딜 수 있게 하며, 미래를 상상할 수 있게 해주는 힘이에요. 그리고 그 희망은 멀리 있는 것이 아니라 바로 우리 안에, 우리가 던지는 질문들 속에, 우리

가 경험하는 절실함 속에, 우리가 경험하는 절실함 속에 이미 있다고 봅니다.

숲에서 아이들과 함께 집을 지으며 계속 생각해보게 되는
것은 이것이에요. 우리 모두는 자신만의 집을 짓는 건축가
가 아닐까 하는 것, 그리고 그 건축의 가장 중요한 재료는 바
로 희망이 아닐까 하는 것을요. 그 희망을 발견하고 키워나
가는 일, 그것이 바로 삶의 가장 중요한 과업이 아닐까 생각
해봅니다.

Section 13
리더십, 관계 속에서 피어나다

앞서 살펴봤듯이 40대 이후 중년에 접어든 분들의 위치와 역할은 그 전과는 조금 다르게 접근하면 좋을 시기라고 생각합니다. 그동안의 여러 관계와 상황을 보면 크거나 작든지 간에 리더십을 고려해야 할 때가 아닌가 생각하게 됩니다. 그래서 내가 위치하고 있는 여러 관계를 '리더십'의 관점에서 살펴보면 좋겠습니다.

리더십을 정의하면 "리더십은 공동의 목표를 달성하기 위해 다른 사람들을 안내하고 영향을 미치는 것을 포함한다. 다른 사람들에게 영감을 주고, 동기를 부여하고, 이끄는 영향력을 지닌 모습"이라고 할 수 있겠어요. 그런 면에서 저는 '집짓기'의 과정과 아이들의 모습에서 '리더십'을 많이 생각하게 되더군요. 그리고 집짓기와 같은 경험이 리더십을 기르는 데에 좋은 경험이 될 수 있겠다는 생각이 들었어요.

집은 우리에게 없어서는 안 되는 곳이고, 늘상 살아가고 있는 곳이기도 합니다. 그렇지만 늘 수혜자와 소비자의 위치에서 살아가고 있어요. 수리가 필요할 때도 집 수리를 의뢰하여 해결하죠. 물론, 전문가에 의뢰하여 직접 집을 짓는 경험도 쉽지는 않아요. 그러니 꼭 집을 지어보라는 이야기를 하려는 것은 아닙니다. 다만 집짓기는 사물에 대한 '총체적인 시각'을 가질 수 있으므로 리더십과 연계하면 좋을 것 같아요.

처음 목조주택을 지을 때 저는 귀감이 되는 아이들의 모습들을 보았어요. 목조주택은 그 뒤에 지은 흙부대집에 비해 구조와 공정이 많이 복잡해요. 이때는 소수의 아이들이 주체적으로 공사에 참여했어요. 새 집이라는 나만의 공간을 가질 수 있다는 희망을 가지고 열심히 참여했겠지만 그 안에는 각자의 역할과 책임을 다해야 일이 순조롭게 진행될 수 있는 조건 또한 있었어요.

그때 리더의 모습이 기억에 남아 있답니다. 이끄미로서 참여했던 학생은 주관이 또렷하고 자신이 원하는 바를 위해 한 걸음 내딛고 있었어요. 그리고 그 전에 외부에서 겪었던 경험에서 심리적인 어려움과 팀원들의 소중함도 알고 있던 때였어요. 그래서인지 더 능동적이고 긍정적인 모습을 많이 보였습니다. 내 공간이 생기는 것에 대한 희망적인 요소가 바탕에 있었지만, 거기에 더하여 에너지가 충만한 상태였다고 할 수 있을 거에요.

그렇지만 집을 짓는 과정은 결코 수월하지 않으며 본인조차도 새로운 것들을 배우며 때때로 힘들어지는 상황이 계속 생겼어요. 그리고 이끄미로서 다른 아이들에게도 힘을 주며 잘 이끌어가야 하는 위치에 있다 보니 다른 이들보다 어려움이 더 많았을 거라 생각해요.

그런데 이때의 이끄미의 모습이 마음에 남아있어요. 상황이 얽혀서 진행이 순조롭지 않거나 무척 힘든 공정을 진행할 때도 웃으며 이끌어가는 걸 볼 수 있었어요. 그리고 일을 하는 과정에서 상황을 재미있게 풀어가며 서로 미소짓게 하기도 했어요. 물론 솔선하여 가장 힘든 공정을 맡아서 해내기도 하며 열심히 했습니다. 그리고 공정마다 매우 꼼꼼하게 일을 수행했고, 회원분들이 와서 집짓기를 도울 때도 소신껏 "이렇게 해주세요" 하며 상세히 설명하며 협조해줄 수 있게 하였어요. 그렇게 하니까 회원분들도 대충 할 수 없고 열심히 하지 않을 수 없게 되더군요.

여기서 "어떻게 리더로서의 역할을 훌륭히 해낼 수 있었을까?"를 생각해보면, 스스로 에너지를 충만하게 만들고 있었다고 생각했어요. 어떤 식으로든 자신의 삶에 대한 성실성, 하고픔에 대해 충실히 추동해가면서 자기 에너지를 만들고 있었고, 팀에도 그 열정어린 에너지를 나눌 수 있었다고 보았어요. 그 에너지로 솔선수범하며 분위기를 긍정적으로 이끌어갔고 스스로 희망에너지를 일으켜가니 팀에도 그리고 함께 하는 곳에도 긍정적인 영향을 미치게 되었다고 봅니다. 그야말로 진정한 '리더십'의 발로가 아닌가 생각했지요.

또 짧은 순간이었지만 기숙사를 지었던 다른 학생의 한 마디가 제게 진하게 남아있습니다. 집짓기 경험을 마친 후 다른 상황이었어요. 오래된 건물이라 마룻바닥을 뜯어내고 재작업을 할 때였어요. 일정한 공정을 마치고 미장일을 하러 외부에서 오셨어요. 그 일을 하고 계시는 장면을 보더니

"미장일 어려운데… 바닥을 고르게 펴는 것도 그렇고…" 하는 겁니다. 자신이 겪어보지 않고서는 할 수 없는 말이지요. 그리고 단순히 공정을 이해하고 있어서가 아니라, (물론 이것이 중요해요. 제대로 알지 못하고 사람들을 이끌기 어렵다고 생각하니까요) 스스로 겪어 그 어려움을 알기에, 사람을 대하는 마음과 태도가 달라지는 걸 보았던 것이지요.

이 점을 리더십의 중요한 면으로 보게 되었어요. 함께 하는 사람들에 공감하고 나눌 줄 아는 리더가 중요함을 새삼 느끼게 되었던 겁니다.

리더란, 내가 어떻게 변화하고 자각하느냐에 따라 함께 하는 사람들의 만족감과 행복감, 변화와 성장에도 영향을 미치게 된다는 것, 그 위치에 있음을 먼저 인식하고 자각하여야 함을 많이 느끼고 배운 시간입니다.

마음 다스리기

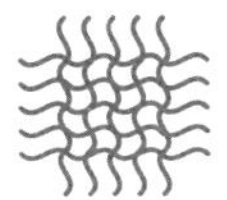

우리는 모두 인연이라는 실타래를 손에 쥔 채 이 세상에 태어납니다. 그 실타래를 풀어가며 때로는 단단한 매듭을 짓고, 때로는 부드럽게 이어가며 우리는 '관계'라는 거대한 천을 짜며 살아갑니다. 이 천의 무늬는 각자의 기질과 성정에 따라 저마다의 빛깔을 띱니다. 마치 봄날의 시냇물처럼 감정을 곧바로 흘려보내는 이가 있는가 하면, 깊은 산중의 호수처럼 자신의 마음을 고요히 담아두는 이도 있지요. 이렇게 서로 다른 물성을 지닌 영혼들이 한데 어우러져 살아가는 일은, 춤추는 물방울들이 하나의 물줄기를 이루어가는 것만큼이나 신비롭고도 어려운 일이겠지요.

특히 40대를 지나 중년의 문턱에 들어서면, 이 관계라는 물줄기는 더욱 복잡한 지류를 만들어냅니다. 젊은 시절에는 반짝이는 물거품처럼 가볍게 여겼던 것들이, 이제는 깊은 강물처럼 무게를 지니기 시작합니다. 수많은 관계의 그물망 속에서 우리는 때로는 아버지로, 때로는 어머니로, 때로는 상사나 동료로서의 역할을 수행하게 됩니다. 마치 한 배우가 여러 개의 가면을 번갈아 쓰며 무대에 서야 하는 것처럼, 우리는 끊임없이 다른 모습으로 변주를 해야 하는 것이지요.

청소년들의 집짓기 현장으로 눈을 돌려봅시다. 목재를 다듬고 흙부대를 쌓아 올리는 일은, 단순히 집이라는 물리적 공간을 만드는 작업이라 할 수 없어요. 그것은 오히려 작은 사회를 이루는 인간 관계의 축소판이며, 미래의 삶을 예행연습하는 실험실이라 할 수 있답니다. 새벽이슬 머금은 풀잎처럼 아직은 여린 청소년들이, 서로의 마음을 배우고 부딪히며 자라나는 생생한 교실이라 할 수 있어요.

"쟤는 왜 제대로 일을 안 하는 거야? 나는 힘들게 여태 하고 있는데…" 한숨 섞인 목소리가 허공을 흔듭니다.
"나를 무시하나? 지들만 이야기하고…."
깊어가는 오후의 그림자처럼 어둡게 가라앉은 말투.

“애들은 왜 하라는 대로 제대로 안 하는 거야?” 팀장의 목소리에 실린 답답함이 가을 구름처럼 무겁습니다.

이런 청소년들의 투정 어린 목소리가, 어찌 그들만의 것이라 하겠는지요? 중년의 일터에서도, 가정에서도 우리는 똑같은 탄식을 내뱉고 있지 않을까요? 다만 그 표현이 더욱 세련되어지고, 때로는 더욱 날카로워졌을 뿐일 겁니다. 직장에서 상사의 부당한 요구를 견뎌내며 삭이는 분노, 동료와의 미묘한 신경전에서 느끼는 피로감, 조직이라는 거대한 바위

에 짓눌린 듯한 무력감. 이 모든 감정의 씨앗은 이미 청소년기에 뿌려져 있었던 것입니다.

가정이라는 작은 우주 안에서는 이 관계의 실타래가 더욱 복잡하게 얽힙니다. ‘가족’이라는 이름은 때로는 따스한 이불이 되어 우리를 감싸지만, 때로는 질식할 것만 같은 두꺼운 장막이 되기도 합니다. 너무나 가깝기에 오히려 서로를 함부로 대하고, 너무나 당연하게 여기다 보니 존중을 잊어버리는 순간들. 자녀와 부모 사이, 부부 사이에서 우리는 얼

마나 많은 말을 삼키고, 또 얼마나 많은 말을 함부로 내뱉고 있는지 생각해봄직 합니다.

특히 직장이라는 무대에서 펼쳐지는 관계의 드라마는 더욱 복잡한 플롯을 지닙니다. '상사'라는 이름표 뒤에 숨은 인간적인 모습을 발견하지 못하고, '부하직원'이라는 틀 안에 자신을 가두어버리는 순간들. 성격과 기질의 차이는 때로는 넘을 수 없는 장벽처럼 깊고 높아 보입니다.

그러나 우리에게는 이 모든 갈등과 어려움을 헤쳐나갈 수 있는 지혜의 나침반이 있답니다. 청소년들의 공동체에서 우리는 그 실마리를 발견할 수 있어요. 그들은 매일 아침, '굿모닝 타임'이라는 소중한 의식을 통해 자신의 마음 날씨를 점검하게 되지요. 맑음, 흐림, 비옴, 단순한 기상 기호처럼 보이는 이 표현들 속에, 사실은 깊은 자기성찰의 씨앗이 담겨 있습니다.

또한 그들은 프로젝트를 시작할 때마다 함께 지킬 규칙과 지침을 마련해요. 기준을 세웁니다. 이는 마치 항해를 떠나기 전에 모두가 함께 지도를 그리는 것과 같아요. 그리고 일상 속에서 자신의 생각과 감정을 관찰하고 다스리는 훈련을 게을리하지 않습니다. 이는 마치 정원사가 매일 아침 자신의 정원을 돌보듯, 우리의 내면을 가꾸어가는 소중한 의식을 잠시라도 가지는 건 다른 길을 만들게 됩니다.

이러한 청소년들의 지혜는 중년의 삶에도 충분히 적용할 수 있지요. 예를 들어 '감사하는 마음으로 하루를 시작하자'라

는 작은 등불 하나를 켜는 것만으로도, 우리의 일상은 전혀 다른 빛을 발할 수 있습니다. 불만과 원망이라는 어둠이 찾아올 때마다, 우리는 이 등불을 비추어 그 그림자의 정체를 살펴볼 수 있겠어요. 때로는 단순한 피로가, 때로는 개선이 필요한 자신의 모습이, 때로는 상대방의 어떤 아픔이 그 그림자의 정체일 수 있음을 보게 됩니다.

특히 리더의 위치에 있는 이들에게는 더 큰 지혜가 요구됩니다. 공동체라는 정원에는 늘 새싹과 같은 새로운 구성원과, 단단한 줄기와 같은 선배 그룹이 공존하지요. 이들이 조화롭게 자라날 수 있도록 적절한 햇빛과 물을 공급하는 것, 그것이 바로 리더의 역할이라 생각해요. 구성원들의 목소리에 귀기울이고, 그들의 성장을 돕는 방법을 고민하는 시간은 결코 헛되지 않습니다. 이는 정원사 자신도 함께 성장하

는 소중한 기회가 됩니다.

갈등이라는 폭풍우를 바라보는 우리의 시선도 달라져야 합니다. 폭풍우는 단순히 피해야 할 재앙이 아니라, 오히려 더 깊은 뿌리를 내리고 더 튼튼한 줄기를 키우는 기회가 될 수 있어요. 갈등의 원인을 이해하고 해결하는 과정에서, 우리는 서로를 더 깊이 이해하고 더 단단한 관계의 뿌리를 내릴 수 있게 됩니다. 물론 서로간 열린 마인드를 가질 때 가능하단 생각이 듭니다.

'존중'이라는 맑은 공기가 흐르는 문화를 만드는 것, 그것이 우리가 지향해야 할 궁극적인 목표가 되어야겠지요. 더없이 중요한 조건입니다. 자신을 존중하그, 타인을 존중하며, 그 속에서 피어나는 갈등을 성장의 거름으로 바꾸어내는 지혜. 특히 중요한 것은 스스로를 이끌어가는 힘, 즉 셀프 리더십이라 생각합니다. 자신의 감정이라는 말의 고삐를 쥐고, 행동이라는 마차를 올바른 방향으로 이끌어가는 능력이 필요합니다.

중년의 삶은 마치 깊어가는 가을 숲과도 같습니다. 때로는 낙엽처럼 쓸쓸한 상실의 순간도 있고, 때로는 단풍처럼 화려한 성취의 순간도 있을 겁니다. 그러나 그 모든 순간이 우리를 더 깊은 성숙으로 이끄는 소중한 과정임을 잊지 말아

야겠어요. 좌절과 후회라는 서리가 내릴 때마다, 우리는 더욱 단단한 내면의 나이테를 만들어가고 있는 것이라 생각합니다.

이것이 바로 중년이 우리에게 건네는 깊은 통찰이 아니겠는지요? 관계라는 이름의 숲을 지나며, 우리는 조금씩 더 지혜로워지고, 조금씩 더 너그러워지고, 조금씩 더 깊어지겠지요. 그리고 그 과정 자체가 바로 우리 삶의 가장 아름다운 이야기가 되는 것이겠지요.

자문하는 철학적 물음

• 나에게 '희망'이란 무엇인가요?

• 지금 나는 어떤 희망을 일으키고 있나요?

• 희망을 만드는 조건에는 어떤 것들이 있나요?

• 자신을 리더(가정에서는 아빠, 엄마? 팀이나 조직에서의 위치)의 위치, 중심에 두어 보세요. 그리고는 자신의 리더십의 유형은 어떠하며, 그 리더십을 어떻게 발휘하고 있는지 살펴보는 시간을 가져 보세요.

일상의 작은 실천

• 오늘 하루를 시작하며 희망의 메시지를 자신에게 건네 보세요(어렵다면 긍정의 메시지도 좋아요).

• 오늘 하루를 마무리하며, 그 희망의 메시지가 오늘 하루를 어떻게 보내게 했는지 돌아보세요.

• 마음 다스리기를 위해서 자신에게 한 가지 '지침'을 마련해보세요(예를 들면, '화가 날 때면 그 자리에서 벗어나기' 등이 있습니다).

• 가족(자녀 혹은 부부 간에)에 마음 다스리기를 위한 규칙 하나를 함께 만들어 보세요.

Chapter 5

가을, 스토리텔링 수업
내 삶을 이야기하다

나는 내 삶의 주인공

가을 하늘이 드높아진 계절, '나'를 주제로 한 스토리텔링 프로젝트를 시작했습니다. 겨울에 내 삶의 중심을 세우고, 봄에는 함께 어우러지는 정원을 만들며, 여름에는 자연과 함께 하며 삶의 에너지를 길렀습니다. 이제 우리는 스토리텔링이라는 거울을 통해 자신을 마주하게 됩니다.

처음 아이들은 의아해합니다. "내 이야기가 어떻게 시나리오가 될 수 있어?" 그들의 목소리에는 당혹감과 함께 묘한 기대감이 실려 있어요. 그들은 자신의 내면으로 들어가는 입구 앞에서 망설이게 됩니다. 그것은 어둠 속에서 불빛을 찾아가는 것과 비슷할지도 모르겠어요.

자신과의 대화가 깊어질수록, 내면의 풍경은 점차 선명해지기 시작합니다. 처음에는 희미하게 보이던 것들이 이제는 그 윤곽을 드러내고, 무심코 지나쳤던 순간들이 특별한 의미를 띄기 시작해요. 진솔하게 자신을 드러낼수록 이야기는 생명력을 얻고, 그 속에 담긴 진실은 더욱 깊어지지요. 때로는 그 과정이 고통스럽기도 합니다. 자신의 깊은 곳을 파고 들어가야 하기 때문이에요. 하지만 그 노력은 결코 헛되지 않아요.

반면, 자신을 마주하기를 주저하거나 내면의 목소리를 꺼내기 어려워하는 이들은 깊은 진통을 겪게 됩니다. 거울이 비춰줄 진실이 두렵고, 그 진실과 마주했을 때 느낄 감정들이 두렵기 때문일 수 있어요.

특별히 기억에 남는 두 편의 작품이 있습니다.
첫 번째는 학교 폭력의 상처를 피아노 선율로 승화시킨 아이의 이야기였어요. 피아노 건반을 두드리는 손끝에서 어린 시절의 아픔이 흘러나오고, 그 음률 속에서 상처는 서서히 치유되어 갑니다. 기승전결의 흐름 속에 담긴 진솔한 고백은, 듣는 이들의 마음속 깊은 곳을 울렸어요. 이 이야기는 우리에게 중요한 것을 말해줍니다. 상처는 결코 피할 수 없는 삶의 일부지만, 그것을 어떻게 바라보고 다루느냐에 따라 독이 될 수도, 약이 될 수도 있다는 겁니다. 이 용감한 영혼은 자신의 상처를 음악이라는 형식으로 승화시킴으로써, 그것을 치유의 도구로 변화시켰어요.

두 번째는 '나는 우울할 때 청소를 해'라는 작품입니다. 이는 단순한 공연이 아닌, 관객이 참여하며 함께 만들어가는 치유의 의식이었어요. 중앙에 놓인 변기는 단순한 사물이 아닌, 내면을 비추는 거울이 되었고요. 일상의 가장 보잘것없어 보이는 공간이, 가장 심오한 깨달음의 장소로 변모하는 순간이었습니다.

벽면에 붙여진 수많은 질문은 각자의 이야기를 끌어내 주었어요. '인생을 살아오면서 힘들었던 때는 언제인가요?' '언제 행복하다고 느끼시나요?' 이런 질문들은 내면의 우물을 깊이 들여다보는 창문이 되었어요.

특히 인상적이었던 것은 파란이의 이야기였지요. 그 아이는 세상의 모든 아름다운 색을 모아 담으려 했지만, 오히려 그 과정에서 불투명한 회색으로 변해버린 자신을 발견하게 되었어요.. 이는 현대를 살아가는 우리 모두의 모습을 상징적으로 보여주는 것 같았어요. 너무 많은 것을 담으려다 오히려 본질을 잃어버리는 우리의 모습이라 할까요? 그러나 화장실 청소라는 단순한 일상 행위 속에서 그는 자신만의 파란색을 다시 찾아갈 수 있었습니다.

이 과정은 우리에게 깊은 통찰을 줍니다. 때로는 '비움'이 '채움'보다 더 중요할 수 있다는 것이지요. 그리고 가장 단순한 행위 속에서 가장 심오한 변화가 일어날 수 있다는 것도요. 청소라는 행위는 단순히 공간을 깨끗이 하는 것이 아니라, 내면을 정화하는 의식이 되었습니다.

이러한 깨달음은 제가 책을 쓰는 과정에서도 이어졌어요. '나는 진정 내 삶의 주인공으로 살아가고 있는가?' '수많은 선택과 결정들, 그리고 그 속에서 쌓아온 경험들을 진정한 의미에서 나만의 작품으로 승화시키고 있는가?' 이러한 물음들은 단순한 성찰을 넘어, 존재에 대한 근본적인 성찰로 이어지게 했어요.

글을 쓰면서 저는 때때로 놀라운 발견을 합니다. '어? 평범하지 않네. 이런 구석이 있었네?' 하고 새삼 발견하는 나의 모습들. 무심코 지나쳤던 순간들 속에서 빛나는 보석 같은 깨달음들. 각각의 페이지마다 새로운 의미가 숨어있고, 그것들이 모여 하나의 큰 그림을 만들어냅니다.

우리 각자의 삶은 누구와도 닮지 않은 고유한 이야기입니다. 그것은 세상에 단 하나뿐인 예술 작품이라 할 수 있지요. 때로는 거칠고, 때로는 부드러우며, 때로는 아프고, 때로는 기쁜 그 모든 순간들이 모여 우리만의 독특한 무늬를 만들어냅니다.

스토리텔링은 바로 이 흐름을 인식하고, 그 속에서 의미를 발견하며, 자신만의 서사를 만들어가는 여정이라 하겠어요. 중요한 것은 좋은 순간들은 물론이고, 힘들었던 순간들조차도 우리를 성장시키는 자양분이 된다는 것을 인식하는 일입니다.

우리는 모두 자신만의 이야기를 써내려가는 작가들입니다. 때로는 고요히 멈추어 내 삶을 돌아보며, 때로는 힘차게 앞으로 나아가며, 나만의 이야기를 아름다운 예술로 빚어내는 일. 그것이 바로 우리가 해야 할 가장 중요한 작업이 아닐까 생각해봅니다.

청소로 그린 자아의 초상

퍼포먼스에 깃든 이야기

늦가을의 창가에 기대어 서서, 나는 한 편의 퍼포먼스를 떠올립니다. "나는 우울할 때 청소를 해"라는 작품을 연출했던 그 아이의 여정이, 마치 무대 위에 흐르는 빛줄기처럼 선명하게 떠오릅니다. 제주에서의 "나와 만나는 시간"을 통해서 자신을 발견하고 인식했다면, 6개월간의 작은 청소 미션을 통해서 새로운 내일을 열어갈 에너지를 만들었고, 퍼포먼스라는 예술로써 승화해갔던 것이지요. 그건 단순한 일상의 반복이 아닌 자아를 마주하는 의미 있는 여정이었습니다.

교육의 진정한 역할은 어쩌면 이런 순간에 가장 잘 드러나는 것인지도 모릅니다. 우리는 흔히 교육을 사회적 기능을 습득하는 과정으로만 바라보곤 합니다. 하지만 그 본질은 각자의 내면에 숨겨진 고유한 리듬을 발견하고, 그것을 자신만의 방식으로 표현해내는 데 있지 않을까요? 일상적 실천에서 퍼포먼스라는 예술적 표현 행위로 이어진 여정에서, 교육이 얼마나 개별적이고 창의적일 수 있는지를 보여주는 아름다운 예시라고 생각합니다.

이 아이는 연극 무대에서 청소를 통한 치유를 이야기했고, 이제는 실제 삶에서 그것을 실천하고 있습니다. 이는 단순한 우연이 아닙니다. 예술이 삶이 되고, 삶이 다시 예술이 되는 순환의 과정 속에서, 우리는 진정한 교육의 모습을 발견할 수 있어요. 전체 수업 과정에서 벗어나 특별히 편성된 '나와의 대화' 시간은, 이러한 개별적 성장을 위한 용기 있는 선택이라 할 수 있습니다.

강물의 흐름 속에서 만나는 에디처럼, 우리의 삶에도 때로는 멈추어서서 자신을 돌아보는 시간이 필요합니다. 내면의 성장은 결코 서두를 수가 없습니다. 마치 오랜 시간 동안 이어진 청소 미션처럼 말이지요. 그 아이에게 청소 미션은 바로 그런 시간이었겠지요. 빗자루를 들고, 걸레를 들고, 하나하나 정리해가는 과정은 단순한 청소가 아닌 자신의 내면을 정돈하는 의식이 되었을 겁니다. 그리곤 연극에서 표현했던 그 순간의 통찰이, 이제는 일상의 실천으로 깊이를 더해가고 있을 겁니다.

우리는 종종 성공이라는 이름으로 획일화된 길을 걷기를 강요받습니다. 하지만 진정한 교육은 각자의 고유한 리듬을 존중하고, 그것을 키워나갈 수 있는 공간을 만들어주는 것이어야 하지 않을까요? 청소라는 일상적 실천에서 퍼포먼스로 이어가며 내 존재와 삶의 가치와 의미를 예술로 승화하는 여정은, 교육이 얼마나 창의적이고 개별적인 과정을 존중하여야 하는지를 보여준다고 봅니다.

글쓰기 역시 저에게는 또 하나의 에디와 같은 공간입니다. 펜을 들고 백지와 마주하는 순간, 시간은 잠시 멈추어 섭니다. 그리고 그 정적 속에서 나는 내면에서 울리는 고유한 소리들을 듣는 순간입니다. 연극 무대에서 청소로 자신을 표현했던 그 아이처럼, 우리 모두는 각자만의 방식으로 자신을 표현하고 성장시켜가는 것이지요.

특히 '관계의 균형'이라는 주제는 더욱 깊은 의미를 가져다
줍니다. 한 편의 연극이 여러 배우들의 조화로운 앙상블을
필요로 하듯, 우리의 삶도 자신과 타인, 개인과 집단 사이의
섬세한 균형을 필요로 합니다. 그 균형을 찾아가는 과정에
서, 때로는 청소와 같은 일상적 행위가 의미 있는 실천이 될
수 있다는 것을 배웁니다.

이제 저는 더 깊이 이해하게 됩니다. "나와의 대화"의 시간
(제주) – 6개월간의 청소 – 퍼포먼스 "나는 우울할 때 청소를
해"를 연출했던 그 순간까지의 여정이 단순한 우연이 아니
었음을요. 그것은 예술과 삶이 만나는 지점에서 피어난 자
아발견의 여정이었다는 것으로요. 마치 무대 위의 빛이 어
둠을 밝히듯, 청소라는 일상의 실천이 내면의 어둠을 밝히
는 등불이 되었던 거지요.

우리는 각자의 삶이라는 무대에서 자신만의 이야기를 써내
려갑니다. 때로는 연극으로, 때로는 청소로, 때로는 글쓰기
로요. 중요한 것은 그 모든 순간이 우리를 더 깊은 자아 발견
과 이해로 이끈다는 것이지요. 이것이야말로 진정한 교육의
모습이 아닐까 합니다. 각자의 고유한 표현방식을 존중하
고, 그것이 삶의 실천으로 이어질 수 있도록 돕는 것. 그렇게
우리는 각자의 삶이라는 예술작품을 완성해가는 것입니다.

4계절과 다양한 프로젝트를 통해서 경험하고 통찰하는 시간을 보냈습니다. 그 과정에서 서로를 이해하고, 협력하며, 공동의 목표를 향해 나아갔습니다.

그러나 이 모든 외부의 경험 속에서도, 여전히 남아 있는 질문이 있습니다. '나는 누구인가?' '내 마음의 진짜 소리는 무엇인가?'

이제, 그 답을 찾기 위해 자기 표현의 여정을 시작하려 합니다.

중년, 제2의 사춘기

사람들을 보면, 그 누구도 똑같은 경우는 없어요. 겉모습이 흡사해도 다른 면에서 다르기도 하고요. 거기에는 이유가 있다고 생각해요. 각자 고유하게 태어난 이유가 있다는 생각이 들어요. 우리들은 뭔가 하고프고 자신을 드러내서 보고파서 이 세상에 오지 않았을까요? 각자 고유한 꽃으로 자랄 씨앗을 가지고 태어났을 겁니다. 그것을 꽃피우기 위해 생애 주기를 가지게 되고요. 바로 '나란 존재'를 통해서 말이지요.

그런데 정작 우리는 '나란 존재'에 대한 감각, 이해하는 방법, 삶의 에너지를 얻는 방식에 대해서는 잘 모르고, 무감각한 경우들이 많아요. 생애 주기를 따라 어떤 특징과 발달과 업을 가지는지에 대해서도 '경험적인 데이터가 거의 없는 거 같거든요. 나란 존재는 오히려 외부와의 관계에서 무언가를 해내고 소화해야 하는 일방적 통로처럼 되어버린 거 같아요. 태어나면서부터 사회적인 통과 의례를 따라 살아가기 때문이겠지요. 일정 나이가 되면 학교를 가고, 우리나라는 입시라는 틀에 매어 청년기까지 보내고, 직장을 다니고 결혼을 하고…. 직장이나 일을 통한 사회적 관계를 따라 나이 들고 정년 혹은 그 유사한 시기를 거쳐 늙어가는 패턴으로 말입니다.

그렇게 올인하여 살아가다 문득 40대를 거치며 각기 다른 이유를 가지며 생애를 돌아보게 되고 근본 물음에 봉착하게 됩니다. 그렇지만 그 때를 어떻게 바라봐야 할 지, 나에 대한 이해, 어떤 방법이나 길로 자신을 인도 해야 할 지 당혹스럽게 맞닥뜨리게 됩니다. "내가 왜 이러지?"하는 생각도 하게도 되고요. 올인해 온 일들에서 번아웃이 된다

거나, 갑작스런 전환기를 맞닥뜨리게 되기도 하지요. 또 자녀와의 관계에서 자아감을 확인하다가 아이들이 독립해버려 빈둥지 경험으로 존재감을 잃게 되기도 합니다. 이 시기가 대체로 '중년'이란 이름으로 찾아옵니다. 물론 여러 이유로 전환기를 맞는 경우들은 연령대를 떠나 다양하겠어요.

우리가 흔히 말하는 '중년'은 대체로 마흔 중반에서 예순 초반쯤의 시기를 가리킨다고 하지요. 예전 같으면 인생의 내리막으로 여겨지던 나이지만, 수명이 길어진 지금은 오히려 청년기처럼 왕성한 활동성과 에너지를 보이는 게 현실로 보여요. 어찌보면 "앞으로 남은 30~40년을 어떻게 살아갈 것인가"를 진지하게 고민해야 하는, 인생의 한가운데쯤에 해당하는 시기라 보여져요. 어떻게 보면 이 시기는 첫 번째 절반과 두 번째 절반 사이를 가르는 커다란 경계선인지도 모릅니다.

이 중년을 두고 여러 학자들은 '제2의 사춘기'라는 말을 하더군요. 사춘기 때 우리는 "나는 누구인가, 무엇을 위해 태어났고 어떻게 살아갈 것인가"를 처음으로 묻게 됩니다. 이때 몸과 마음의 대혼란을 겪으면서 비로서 자아정체감을 정립하게 되는 거죠. 그렇게 커다란 격동을 통해 몸과 마음, 정신이 일체를 이루어가는 거겠지요. 이 과정에 대한 이해가 있기에, 우리는 표면에서 보이는 모습과 달리 긍정적으로 볼 수 있는 거라 생각합니다.

중년에 이르러서, 조금 다르지만 비슷한 경험을 하게 되는 것을 발견하게 됩니다. 여러 질문이 조금 다른 모습으로 다시 찾아옵니다. "나는 지금까지 누구로 살아왔는가, 남은 인생은 어떻게 살아야 할까?" 등 질문의 방향은 비슷하지만, 그 무게와 책임, 현실의 조건이 다르기에 더 복합적이고 더 아프게 느껴집니다.

발달심리학자 에릭슨은 중년을 '생산성(Generativity) 대 침체(Stagnation)'의 시기로 보았어요. 단순히 아이를 키우고 직장에서 역할을 수행하는 것만이 아니라, "나는 다음 세대와 세상에 무엇을 남기고 싶은가?"를 묻는 시기로 보더군요. 이 질문에 답하고자 하는 마음이 살아있을 때, 사람은 타인과 세상을 돌보며 자신만의 방식으로 기여하고자 합니다. 반대로 이 질문을 피하거나 외면할 때, 삶은 점점 좁아지고 자신 안으로 움츠러들며, 허무와 무기력 속에 머물기 쉽다고 합니다.

중년에 '셀프리더십'*이 필요한 이유는 바로 여기에 있다고 봅니다. 나 자신과의 진실한 대화와 행동, 거기서 비롯되는

----

* 중심을 세워 주체적으로 자신을 이끌어가는 리더십을 말합니다.

에너지를 만들며 삶의 후반기를 새롭게 맞이하는 데에 필요
한 힘이기 때문이지요. 자신에 대한 진실함으로 나와 관계
를 넓혀갈 수 있는 기회일 수 있겠구나. 혹은 그 자리에서 지
속하거나 정체될 수도 있겠다는 생각을 하게 됩니다.

융은 인생을 "오전과 오후"에 비유했어요. 오전이 자아를 세
우고, 자리잡고, 세상 속에서 역할을 구축하는 시간이라면,
오후는 그 자아의 외피를 조금씩 벗겨 내고, 내면 깊숙한 곳
에 숨겨져 있던 진짜 나와 다시 만나는 시간이라고 말했습
니다. 젊은 날에는 사회가 요구하는 기준에 맞추어 공부하
고, 일하고, 가정을 꾸리느라 '나'라는 존재의 안쪽을 들여
다볼 여유가 거의 없지요. 그러나 중년에 이르면, 그동안 미
뤄두었던 질문들이 하나둘씩 수면 위로 올라옵니다.
"정말 이것이 내가 원하는 삶이었는가?"
"나는 누구를 위해 이렇게 살아왔는가?"
"앞으로의 삶을 어떻게 살아야 후회가 없을까?"

이와 같은 질문들이 찾아온다는 거지요. 융의 말대로, 이 질
문들은 우리의 영혼이 보내는 요청이라 했는데 맞는 거 같
아요. 바깥을 향해 있던 시선을 안으로 돌려, '나'의 본질을
다시 살펴보라는 신호로 볼 수 있겠어요. 비로서 존재의 본
질을 생각하게 되고 삶의 목적과 방향을 '나로서' 세울 수

있는 시기를 맞는다고 볼 수 있지 않을까요?

현실의 변화도 중년을 '제2의 사춘기'로 부르기에 충분합니다. 몸은 서서히 예전 같지 않음을 드러내고, 건강에 대한 경고등이 켜지기 시작하기도 하고요. 자녀는 점점 독립을 향해 떠나고, 부모는 돌봄의 대상이 되어 갑니다. 직장에서는 어느 정도 자리를 잡았지만, 동시에 더 이상 무한히 성장할 수 없다는 한계도 느끼게 되죠. 익숙했던 역할과 관계들이 조금씩 형태나 무게를 달리하게 되면서 그 위에 올려 두었던 정체성도 함께 흔들리기 시작하게 되지요. 이러한 변화가 이 시기에 오니, 마음 안에서는 사춘기와 같은 물음, 혼란과 요동이 일어나게 되겠어요.

문제는, 우리가 이 전환기를 거의 배우지 못한 채 여기까지 왔다는 점입니다. 어쩌면 생애주기에서 자연스런 현상들을 겪게 되는 것으로 볼 수 있는데, 이에 대한 이해조차 없다는 것이지요. 물론 청소년기를 충실하게 보낼 수 없는 '환경의 결핍'이 보다 근본 이유가 되기도 하겠네요. 또 청소년기에는 입시와 취업을 준비하는 법을 배우느라 분주했어요. 좋은 어른이 되는 법, 좋은 직장인이 되는 법에 대해서는 나름의 지침들이 있었다고 봅니다. 그러나 "중년의 특징, 나를 이해하고 잘 살아가는 법" "두 번째 절반의 인생을 설계하는 법"에 대해서는 누구도 제대로 가르쳐 주지 않았어요. 그래서 많은 중년들이 막막함을 느끼는 것은 어찌 보면 자연스러운 일이란 생각이 들어요. 잘못 살아서가 아니라, 배울 기회가 거의 없었던 것이지요. 자기 이해에도 서툴 수 있고요. 우리 나라에서는 더욱 그렇다고 봅니다. 저 역시 이 때를 겪으면서 그것이 영혼이 보내는 신호였는지는 몰랐어요. 중년의 여성들이 여러 현상들을 겪는 통계를 보면서 비로서 문제의식을 가지게 됩니다

그렇다면 중년의 셀프리더십은 무엇을 의미할까요? 이것은 단지 자기계발서가 말하듯 '더 효율적으로 일하고, 더 성공하는 기술'을 말하지 않습니다. 중년의 셀프리더십은, 그동안 외부의 기대와 역할에 맞추어 살아오느라 미뤄두었던 질문들을 비로소 자기 손으로 붙잡고, 자신만의 기준과 방향을 다시 세우는 힘에 가깝다고 하겠어요. 남이 정해 준 시나리오에 맞추어 살던 삶에서 벗어나, 이제는 내가 내 인생의 저자가 되어 한 줄 한 줄 다시 써내려가는 과정이 될 수 있는 시기인 거지요.

청소년들에게 '나는 누구인가, 어떤 삶을 살고 싶은가'를 묻는 본질 교육이 필요하듯, 중년에게도 똑같은 교육이 다시 필요합니다. 다만 재료가 바뀌었을 뿐이에요. 아이들에게

는 시험과 진로, 친구와 가족이 주요한 고민거리라면, 중년에게는 건강과 노후, 관계의 재구성, 의미와 기여가 핵심 주제가 되겠지요. 질문의 뿌리는 동일합니다. "나는 어떻게 살아가고 싶은 사람인가?" 이 질문에 답하고, 그 답을 일상의 작은 실천으로 옮겨 가도록 돕는 것이 바로 중년기의 셀프리더십 교육으로 필요하다고 봅니다. 자신의 가치와 정체성을 재인식하는 게 무엇보다 뿌리가 되어야 하지 않을까요?

그렇기에 중년을 제2의 사춘기로 부르는 것은 단순한 수사가 아니에요. 인생의 전반부를 통과한 우리가, 이제 남은 시간을 어떻게 살아갈지 새로 선택할 수 있는, 두 번째 기회의 시간이라는 뜻 아니겠는지요? 이 시기에 자신을 다시 배우고, 삶의 중심을 다시 세우는 일은 나 하나만을 위한 사치가 아닙니다. 그것은 내 곁의 사람들, 다음 세대, 그리고 내가 몸담은 공동체를 위해 중년 세대가 갖춰야야 할 새로운 책임이자, 동시에 깊이 있는 특권이기도 한 거 같아요. 여기서부터의 삶을 어떻게 살아갈지, 이제는 우리가 스스로에게 가르쳐 줄 차례입니다.

이후의 글에서는 청소년과 함께 한 교육 현장에서 얻은 통찰과 지혜를 부모세대인 우리에게도 '본질'로서 통한다고 보고 어떻게 적용해갈 수 있을지를 고찰해보았습니다. 어떻

게 삶의 나침반을 만들고 그것을 실행하기 위해 삶의 에너
지를 어떻게 만들어가면 좋을지를 제 경험과 인식을 통해
정리해보려 했습니다. 전환기를 맞이하는 저의 문제의식들
을 추구하는 것과 함께요.

성장의 순환 과정

이 세상에 태어나서 청소년기를 지나 청년기를 거치며, 중년기, 노년기를 거치는 동안에도 우리는 평생 배움의 과정에 있다고 할 수 있을 겁니다. 배움이란 것도 단지 지식을 습득하는 게 아니라, 사람과 자연, 우주, 관계가 빚어내는 것까지, 모든 것과 모든 곳, 모든 때에 있다고 봅니다. 산기슭에 비스듬히 누워서 자신을 지탱하고 있는 소나무와 강물이 부딪히며 나아가는 모습 속에서도 뭔가를 배웁니다.

다른 사람들의 삶을 대하며, 또는 여러 관계를 맺어가며 마음과 눈을 열어 바라보면 어디서든 스승이 함께 하는 것을 볼 수 있지요. 어느 한 곳에 치우쳐 가지 않고 몸과 마음, 정신이 골고루 자랄 수 있는 삶의 조건을 형성해가는 것은 참 중요하다고 느끼곤 해요. 그것이 바로 삶의 에너지를 균형 있게 잡아가는 것이죠. 저 역시 도시에서 태어나 학교와 사회를 매개로 한 경험들만 가졌더라면 참 아쉬웠겠다는 생각이 들어요. 뒤늦게 자연을 곁에 두고 자연 속에서 겪었던 많은 경험이 낯설고 힘들 때도 많았지만 나를 가꾸고 변화와 성장을 일구는 데에는 매우 큰 스승이었고 벗이었음을 깨달았기 때문이죠.

자연이라는 것은 더없이 고마운 존재들입니다. 이 존재는 성장할 조건이 되기도 하지만, 때때로 내가 지치고 아플 때는 더없이 소중한 벗이 되어 주기도 했어요. 말없는 중에 자신의 존재만으로 배우고, 느끼고, 맛볼 수 있게 해주었으니까요. 내가 또는 여러분이 그런 존재가 될 수 있다면 대단한 보람이겠지요?

물론, 자연만이 스승인 것은 아닙니다. 내가 직접 부딪히며 맛보게 되는 세계, 낯설지만 새롭고 다양한 '경험의 세계'는 나의 새롭고 다양한 면을 발견하게 하고, 표현하는 계기가 되니 그야말로 배움의 스승입니다. 이렇듯 다양한 경험이라는 소재를 통해서 나를 다양하게 빚어낼 수 있고 스토리를 다양하게 펼쳐갈 수 있게 하지요. 때론 이런 제목이나 주제로 때론 다른 제목을 붙이면서 말이죠. 그래서 소재가 다양할 때 스토리도 멋지고 다양해질 수 있고, 스토리에 고난과 역경이 있을 때 그 완성도나 매력이 커지는 것이겠고요. 때론 나를 관망하듯 바라볼 필요도 있어요. 코 앞만 바라보며 맴맴 돌 듯하지 말고 말이지요. 그러다 방향감각이나 길을 잃을 수도 있으니까요.

또 교육이라는 장은 인간에 내재한 여러 가능성을 볼 수 있는 장이기도 하지만, 잠재된 가능성을 어떻게 발견하고 발현할 수 있게 할 건가를 가장 고민하는 장이에요. 그래서 여기, 이 교육의 장에서는 '성장의 순환 과정'을 거치면서 사람들은 어떻게 변화와 성장을 이루는지 살펴보려고 해요.

먼저 자신 안의 치유와 회복의 시간이 필요해요. 자신에 대한 위로와 용서, 화해를 위한 시간인 거지요. 이때는 무엇보다 자신을 온전히 품어주는 시간이 되어야 해요. 자기 사랑이 중요하죠.

그 다음으로는 다양한 표현과 다양한 색으로 나를 발견하고 이해하며 동력을 만들어가야 하는 시간이 필요합니다. 그런 후에 여러 조건이 맞아떨어지면 한 차례 도약이나 질적 성장을 위한 도전을 할 때라고 생각하게 되지요. 이 시기는 자신만의 임계치를 경험하며 자신 안의 능력이나 재능, 지성을 총체적으로 발휘하며 도약을 하게 되는 시기라 할 수 있습다.

이처럼 치유와 회복 → 표현과 자기 이해 → 도전과 도약이라는 단계로 성장 과정을 말할 수 있어요.

이렇듯 '성장의 순환 과정'을 통해 우리 역시 자신의 변화와 성장을 꾀해 갈 수 있을 것이라고 봐요. 평생을 거쳐 '자기교육을 통한 셀프리더십'을 길러가게 되는 것이지요.

먼저 자신이 지금 어떤 좌표에 있는지를 살펴보는 게 유익할 거 같아요. 이런 태도 역시 매우 발전적인 모습이라 생각하거든요. 그냥 익숙한 대로, 살아온 대로 지속하여 살아가는 것과는 사뭇 다른 삶의 태도니까요. 균형있는 삶, 성장으로 갈 수 있게 할 겁니다. 이렇게 자신을 향한 교육을 지속해 간다면, 관계, 조직과 나에서도 '균형'을 잃지 않는 삶으로 견인해갈 수 있겠지요.

우리의 삶은 나 스스로 지켜가야 하고 어떤 스토리를 전개할 지도 나에게 달려있다는 것을 저 또한 성찰하며 깊게 절감하게 됩니다. 내가 내 삶의 스토리를 써 내려가는 주인공이란 것을요. 그렇다면, '성장의 순환 과정'에서 나는 지금 어느 단계에 있는 걸까? 각자 한 번 진단해 보세요.

그리고 그에 맞춰서 어떤 환경과 조건을 조성해야 할 지, 그리고 어떤 사랑으로 자신을 대할 지도 생각해보면 유익할 겁니다. 다함없는 교육과 배움, 성장의 스토리로 소중한 나만의 이야기를 엮어가길 바랍니다.

자문하는 철학적 물음

- 진정 나는 내 삶의 주인공이라 생각하시나요?

- 나의 삶은 고유한 삶이며, 나만의 예술작품으로서의 가치를 인정하며 만들어가고 있나요?

- 주인공이라 여길 만한 성과와 업적이 있어야만 한다고 생각하지는 않는지요?

일상의 작은 실천

- 청소 수행처럼 삶에 의미를 부여하는 실천 하나를 실행해 보세요.

- 여러분 안에 있는 상처나 아픈 기억, 행복했던 기억들을 통해 여러분의 삶 속에서 어떤 이야기로 만들어 보시겠어요?

- 여러분의 이야기를 어떤 장르로 풀어내 볼까요? 시간을 내어 한 번 상상해 보세요.

Chapter 6

내면으로 향하는 길
다양하게 표현하고 드러내기

내면을 향한 첫걸음

자신을 드러내기

인생의 중턱에 서서 우리는 묻게 됩니다.

"나는 지금 어디로 가고 있는가?"
"나라는 존재는 누구이고, 어디쯤 와 있을까?"

외부로 향하던 시선을 내면으로 향하게 하는 건 매우 중요한 전환이란 생각이 듭니다. 내면으로 향하는 길은 그 질문의 자리에서 시작됩니다. 그리고 전환을 위해서는 미래를 향할 에너지를 비축해야 가능하며, 그 에너지는 스스로 세운 나침반과 구체적인 실천에서 모아갈 수 있을 겁니다.

우리는 표현을 통해서만 자신을 만나고 알 수 있습니다. 우주의 진화과정조차 드러냄의 연속이었고, 지구의 생명 진화

과정 역시 결국 자신을 드러내서 환경에 부딪히며 적응하면서 더 나은 모습으로 진화해왔듯이 말입니다. 인간도 마찬가지입니다. 우리는 다채로운 표현의 순간들을 통해서 자신의 숨겨진 모습들과 마주하게 됩니다. 새로운 나를 발견하고, 그 발견들은 조용히 퍼즐 조각처럼 모여 하나의 온전한 그림을 그려냅니다. 때로는 일기장의 한 줄로, 때로는 카메라 렌즈 속 순간으로, 때로는 붓끝에서 피어나는 색채로 자신을 표현하다 보면, 어느새 그 조각들이 모여 선명한 자화상을 이루어내게 되지요.

이 과정에서 피어나는 미세한 빛줄기들은 마치 새벽녘의 여명처럼 조금씩 밝아지며, 우리 안에 잠들어 있던 에너지를 깨워냅니다. 단순한 계획표나 목표 목록으로는 결코 닿을 수 없는, 더 깊은 곳에서 울리는 자아의 메아리를 듣게 되지

요. 이는 거울 앞에 서서 나를 마주하는 시간이며, 동시에 내면의 정원을 가꾸는 소중한 순간들이 됩니다.

이렇게 발견한 나만의 색깔과 향기는 삶이라는 긴 여정에서

든든한 나침반이 되어줍니다. 폭풍우 치는 날 다시 일어설 수 있는 단단한 뿌리가 되어주고, 평화로운 날에는 잔잔한 호수처럼 고요한 행복을 선물하지요. 일상이라는 캔버스 위에서 자신만의 고유한 붓질로 그려가는 이 작은 실천들은, 비록 하나하나는 작은 점들이지만 모여서 우리 삶의 전체 그림을 바꾸어놓는 강력한 힘을 지닙니다. 마치 빗방울이 모여 대지를 적시고 새 생명을 피워내듯, 이 소소한 자기 표현의 순간들은 우리 삶에 새로운 계절로 다가옵니다.

길 위의 명상

걷고, 담고, 쓰는 삶으로

자연을 벗삼아 걸으며 사진에 담아가는 행위는 자신의 마음을 읽고 정서와 감정을 순화하며 치유하는 과정이 되며, 내면과의 대화로서 자신을 관찰하고 이해하는 여정이 됩니다.

나를 발견하고 싶은 욕구인 건지 저를 자꾸 바깥으로 데려 갔습니다. 걷기와 카메라, 발걸음이 수놓는 길 위에서, 렌즈가 담아내는 순간들 속에서 저는 조금씩 저를 만나갔어요. '걷기명상'이라 부를만 한 이 고요한 의식은, 마치 오래된 친구와의 대화처럼 자연스럽게 내 일상에 스며들었습니다.

아침 이슬을 밟으며 시작되는 산책은 때로는 명상이 되고,

때로는 기도가 됩니다. 발걸음 하나하나가 쌓이며 마음의 먼지를 털어내고, 머릿속을 맑게 씻어내지요. 늘 다니던 골목길도 매일 다른 얼굴을 보여주곤 합니다. 어제는 보지 못했던 담벼락의 담쟁이덩굴이 오늘은 유난히 초록빛으로 반짝이고, 평소엔 스쳐 지나던 처마 밑 새둥지가 문득 발걸음을 멈추게 했어요.

가끔은 낯선 거리로 발걸음을 옮깁니다. 버스나 지하철을 타고 조금 먼 곳으로 떠나기를 해봅니다. 그러면 마치 여행자가 된 듯한 설렘이 가슴 한켠을 간지럽힙니다. 그때마다 카메라는 충실한 동반자가 되어, 내 마음이 머무는 자리마다 셔터를 눌러줍니다. 때로는 하늘을, 때로는 길가의 작은 꽃을, 때로는 낯선 거리의 풍경을 담아내지요.

그리고 그 순간순간에 불러일으켜지는 마음들을 작은 수첩에 적어둡니다. 때로는 산문으로, 때로는 시구로 떠오르는 마음의 파편들을 글씨로 수를 놓지요. 마치 오랫동안 잊고 있었던 나의 한 부분과 재회하는 것처럼, 그렇게 조용히 나를 마주하는 시간을 가져봅니다.

귀가 후의 시간은 또 다른 여행의 시작입니다. 하루 동안 담아온 사진들을 조용히 펼쳐놓으면, 그것은 마치 내 영혼이 걸어온 발자취를 더듬어보는 일과도 같습니다. 무심코 찍은 사진들 속에서 문득 나를 발견하게 되지요. 유독 자주 담아 낸 창공의 푸르름은 어쩌면 자유에 대한 갈망이었을까요? 텅 빈 벤치에 담긴 고독은, 혹은 무리 지어 날아가는 새들의 모습은 제게 무슨 이야기를 들려주고 싶었던 걸까요?

그 날의 '걷고 담고 기록하기'를 함께 나누고 싶은 마음이 들 때면, 조용한 카페에 모입니다. 각자의 사진과 글들을 펼쳐 놓고 이야기를 나누어 봐요. 같은 순간을 바라보면서도 서 로 다른 이야기를 발견하는 것이 신기합니다. 내가 스쳐 지 나간 순간에서 다른 이는 깊은 의미를 찾아내기도 하고, 내 가 소중히 여긴 순간은 또 다른 이의 마음을 움직이기도 하 지요. 나와 서로를 더 이해하는 시간이 됩니다.

또, 시간이 흐르고 흘러 시와 글, 짧은 메모들, 그리고 수없 이 담아낸 사진들을 한자리에 모아놓으면, 그제야 비로소 내 안의 또 다른 내가 조금씩 모습을 드러내고 있음을 알 수 있었어요. 마치 오랫동안 잃어버렸던 일기장을 다시 펼쳐보 는 것처럼 설레고 낯설지요. 걷고 담아내고 기록하는 이 작 은 의식들은 그저 지나가는 것이 아니라, 조금씩 나를 치유 하고 몸과 마음을 맑게 씻어주는 샘물이 되어줍니다. 지친 날들, 혹은 새로운 내일을 꿈꾸는 순간마다 이 고요한 의식 은 제게 작은 위안이 되어주었답니다.

그리고 때때로, 가장 마음에 담기는 순간들을 골라 인화합니다. 그것은 마치 내 영혼의 조각들을 실체화하는 작업과도 같지요. 사진 옆에 조심스레 시를 적어넣고, 정성스레 액자에 담아내면, 그것은 단순한 기록을 넘어 하나의 예술이

됩니다. 이 시간은 더 이상 혼자만의 사색이 아닌, 나와 내면의 진정한 만남이 되어줍니다. 처음으로 가진 작은 전시회는 마치 오랫동안 써온 시집을 세상에 선보이는 것과 같은 떨림이었어요. 그리고 그 떨림은 어느새 충만한 기쁨이 되어 제 마음을 채워주었답니다. 작은 도전이 선물해준 특별한 성취의 순간이었어요.

또 학생들과 프로그램을 하면서 많이 활용하던 방법입니다. '나와의 대화' 시간으로 말이지요. 이 시간은 교실을 벗어나 자연의 품에 안겼을 때 더욱 깊어졌어요. 바람결에 스치는 나뭇잎 소리, 멀리서 들려오는 새들의 노래, 발밑에서 속삭이는 풀잎의 속삭임과 내음…. 자연은 그렇게 조용히, 하지만 깊이 있게 우리에게 다가오며 가르쳐주었답니다.

때로는 상처 입은 영혼들도 자연 속에서는 스스럼없이 자신을 내보였어요. 마치 봄비가 대지를 적시듯, 자연은 그렇게 우리의 메마른 마음을 촉촉이 적셔주었습니다. 학생들의 작품과 참여자들의 마음이 담긴 순간들을 전시장에 걸 때면, 그것은 마치 작은 정원을 가꾸는 것과도 같았어요.

저 역시 몇몇 동료들과 함께 전시회를 열며 그 특별한 설렘을 나누었답니다. 단순히 사진을 찍고 보관하는 것을 넘어, '함께' 하나의 이야기로 엮어내고 공간에 생명을 불어넣는 일은 마치 시를 쓰는 것과도 같았어요. 텅 빈 벽에 걸린 작품들이 서서히 공간과 조화를 이루며 만들어내는 울림은, 우리 모두에게 잊지 못할 선물이 되었습니다. 그렇게 피어난 성취감과 만족감은 작지만 단단한 씨앗이 되어, 각자의 마음속에서 새로운 꿈으로 자라나게 되었지요.

쉼과 멈춤
고요 속에서 나를 회복하다

중년이라는 시간은 우리에게 특별한 선물을 안겨줍니다. 그
것은 바로 '고요함을 배울 수 있는 여유'라는 선물입니다. 지
금까지 우리는 달리는 것만이 삶이라고 여기며 살아왔지만,
이제는 멈춤의 의미를 진정으로 이해하게 되는 시기에 접어
든 것이라 하겠어요.

창가에 앉아 따스한 차 한 잔을 마주하는 오후의 시간이 왜
이토록 소중하게 느껴질까요? 그것은 단순히 휴식이 주는
달콤함 때문만은 아닐 것입니다. 그 시간 속에는 우리가 그
동안 잃어버렸던 무언가를 되찾을 수 있는 가능성이 숨어
있는 까닭이에요. 저 푸른 하늘을 바라보며 우리는 문득 깨

닫게 됩니다. 언제부턴가 하늘을 제대로 올려다본 적이 없었다는 것을, 그리고 그런 여유 없는 삶이 얼마나 메마른 것이었는지를 말입니다.

돌이켜보면 우리는 참으로 많은 역할을 떠안고 살아왔습니다. 부모로서, 배우자로서, 직장인으로서, 때로는 자식으로서까지. 이 모든 역할들이 중요하지만, 그 역할들에 완전히 매몰되어 버린다면 정작 가장 중요한 것을 놓치게 됩니다. 바로 '나'라는 존재인 거지요. 역할과 존재는 다른 차원의 문제입니다. 역할은 상황에 따라 변할 수 있지만, 존재는 그 모든 역할의 근본이 되는 뿌리와 같은 것입니다.

태엽 감긴 인형처럼 반복되는 일상 속에서 우리가 잃어버린 것은 단순히 시간이 아닙니다. 그것은 삶에 대한 감각, 존재에 대한 감수성, 그리고 자신과의 대화 능력입니다. '나는 지금 무엇을 위해 살아가고 있을까?'라는 질문이 마

음을 두드리는 것은, 우리 내면의 가장 깊은 곳에서 울려오는 영혼의 목소리이기 때문입니다.

번아웃이라는 현상을 단순히 과로의 결과로만 볼 수는 없을 것 같습니다. 그것은 오히려 우리 존재의 뿌리가 메말라가고 있다는 신호가 아닐까요? 겉으로는 성실하게, 열심히 살아가고 있지만, 정작 그 삶의 의미와 방향에 대한 확신이 흔들리기 시작할 때 찾아오는 것이 번아웃일 겁니다. 마치 뿌리에 물을 주지 않은 나무가 겉으로는 멀쩡해 보이다가도 어느 순간 시들어버리는 것처럼 말이지요.

당위와 사명감만으로는 오래 버틸 수 없습니다. 외부에서 주어진 기대와 책임감은 분명 우리를 움직이게 하는 동력이 될 수 있지만, 그것만으로는 진정한 에너지의 원천이 되기 어려워요. 진정한 에너지는 자신과의 깊은 연결에서 나오는 것이니까요. 자신을 지킬 수 있는 존재는 오직 자신뿐이라는 깨달음은 결코 이기적인 것이 아닙니다. 오히려 그것은 타인을 진정으로 사랑하고 돌볼 수 있는 근본적인 조건이기도 해요.

거창한 방법이 필요한 것은 아닙니다. 커피잔에서 피어오르는 향기를 천천히 들이마시는 것, 창밖의 풍경을 아무 생각 없이 바라보는 것, 자신의 호흡 소리에 귀 기울이는 것. 이런 작은 행위들이 실은 우리를 자신에게로 돌아오게 하는 소중한 통로가 됩니다.

멈춤표를 찍는다는 것은 단순히 쉬는 것과는 다릅니다. 그
것은 의식적으로 자신에게 관심을 돌리는 행위입니다. 마치
오랫동안 소식을 주고받지 못했던 소중한 친구에게 안부를
묻는 것처럼, 자신의 마음 상태를 살피고 자신의 진짜 마음
을 들여다보는 것이지요. 이런 시간들이 축적되면서 우리는
점차 자신과의 관계를 회복하게 됩니다.

깊은 위로와 용서와 감싸안음이 필요하다는 것을 깨닫는
순간, 우리는 비로소 성숙한 어른이 됩니다. 그동안 우리는
자신에게 너무 엄격했을지도 몰라요. 완벽하지 못한 자신을
용납하지 못하고, 실수하고 실패하는 자신을 질책하기만 했
을지 모릅니다. 하지만 이제는 자신을 소중한 한 존재로 바
라보고, 그 존재를 따뜻하게 품어줄 수 있는 마음의 여유를
가져도 좋겠어요.

중년의 고요함은 결코 체념이나 포기가 아닙니다. 그것은 더
깊고 진실한 삶을 위한 준비이며, 자신과 타인, 그리고 세상
과 더 진정성 있는 관계를 맺기 위한 토대 작업입니다. 이 고
요함 속에서 우리는 비로소 진짜 자신을 만나게 되고, 그 만
남을 통해 더욱 풍성하고 의미 있는 삶의 후반부를 시작할
수 있게 될 것이니까요.

익숙함을 벗어나기
낯선 경험에서 확장되는 자아

우리가 살아가는 일상의 궤도는 참으로 견고합니다. 매일 같은 시간에 일어나 같은 길을 걸으며, 같은 사람들을 만나고 같은 역할을 반복합니다. 이런 익숙함은 분명 삶에 안정감을 주지만, 동시에 우리를 보이지 않는 감옥에 가두기도 합니다. 그 감옥의 이름은 '한정된 자아 인식'입니다.

우리 각자의 내면에는 수많은 자아가 잠들어 있습니다. 마치 한 권의 두꺼운 책에서 늘 같은 몇 페이지만 읽고 있는 것과 같습니다. 나머지 페이지들에는 어떤 이야기들이 숨어 있을까요? 어떤 감정들을, 어떤 가능성들에 대해 우리가 펼쳐보기를 기다리고 있을까요?

낯선 경험이라는 것은 단
순히 새로운 장소에 가거
나 새로운 활동을 해보는
것만을 의미하지 않습니
다. 그것은 자신이 누구인
지에 대한 기존의 확신을
잠시 내려놓고, 다른 가

능성에 자신을 열어두는 용기입니다. 평소 조용하다고 여겨
왔던 사람이 어떤 상황에서는 놀라울 정도로 활발해질 수
있고, 늘 논리적이라고 믿어왔던 사람이 예상치 못한 순간
에 깊은 감성을 드러낼 수도 있습니다.

이런 발견들은 단순히 흥미로운 경험에 그치지 않습니다.
그것은 자신에 대한 이해의 지평을 넓혀주는 소중한 계기가
됩니다. '아, 나에게 이런 면도 있었구나'라는 깨달음은 마치
오랫동안 닫혀 있던 방의 문을 여는 것과 같습니다. 그 방 안
에는 지금까지 몰랐던 또 다른 자신이 기다리고 있었던 것
이죠.

새로운 사람들과의 만남도 마찬가지입니다. 타인의 시선은
우리가 스스로에 대해 갖고 있던 고정된 이미지를 흔들어
놓습니다. 가족이나 오랜 친구들은 우리를 이미 정해진 틀

안에서 바라보는 경우가 많지만, 새로운 사람들은 선입견 없는 눈으로 우리를 봅니다. 그들이 발견하는 우리의 모습은 때로 우리 자신도 몰랐던 새로운 측면을 드러내 보여줍니다.

글쓰기를 시작하게 된 계기에 대한 이야기는 특히 의미심장합니다. '내일을 어떻게 살아가지?'라는 막막함에서 시작된 이 여정은, 사실 많은 중년의 사람들이 공통으로 경험하는 실존적 질문입니다. 변화가 빠른 세상에서 자신의 자리를 찾아가는 일은 결코 쉽지 않습니다. 하지만 바로 그 막막함이 새로운 시작의 동력이 되었다는 점이 중요합니다.

절실함이 더해질 때 비로소 진정한 힘이 생긴다는 통찰은 깊은 울림을 줍니다. 우리는 종종 완벽한 준비가 될 때까지 기다리려 하지만, 실제로는 절실한 마음이 생겼을 때가 바로 시작할 때인 경우가 많습니다. 그 절실함은 두려움보다 강한 추진력을 만들어냅니다.

자신을 돌아보며 내일을 열 수 있는 단서를 찾고자 했던 그 과정에서 얻은 두 가지 발견은 참으로 소중합니다. 첫째, 일면적으로만 인식하던 자신을 다각도로 바라보게 되었다는 것. 둘째, 자신이 무엇을 원하고 무엇에서 보람과 기쁨을 느끼는지 명확해졌다는 것. 이 두 발견은 서로 연결되어 있습니다. 자신을 더 넓게 이해할수록 진정한 욕구와 열정이 무엇인지도 더 선명해지는 법이니까요.

그리고 자신의 경험을 나누고자 하는 마음, 그것을 통해 누군가에게 힘이 되고 새로운 만남을 만들어가고자 하는 바람. 이것은 단순한 개인적 성장을 넘어서 타인과의 연결, 공동체와의 관계로 확장되는 의미 있는 전환입니다. 자기 발견이 결국 타인과의 나눔으로 이어질 때, 그 발견은 더욱 깊은 의미가 있습니다.

'내일이 선명하게 보여서 길을 가려 하는 걸까요? 막막하고 두렵기도 하지요.' 이 솔직한 고백 속에는 새로운 시작을 앞둔 모든 이들의 마음이 담겨 있습니다. 미래가 불분명하기 때문에 두렵지만, 동시에 그 불분명함 때문에 더욱 간절해지는 마음. 그리고 그 간절함이 두려움을 이기고 한 걸음 내딛게 하는 힘이 됩니다.

자신을 외부에 드러내는 것, 새로운 상황들과 맞닥뜨리는 것은 분명 용기가 필요한 일이에요.. 하지만 그 용기는 자신이 진정으로 원하는 바와 연결되어 있을 때 비로소 생겨납니다. 내면의 갈망이 외부의 두려움보다 클 때, 우리는 비로소 움직일 수 있게 됩니다.

새로운 경험에 자신을 노출한다는 것은 자신의 가능성에 자신을 노출하는 것입니다. 그 과정에서 발견하게 되는 '전에 몰랐던 자신'은 단순히 새로운 면이 아니라, 이미 우리 안에 존재했지만 표현될 기회를 기다리고 있던 진정한 자아의 일부인 거지요. 그리고 그 발견이야말로 중년이라는 시기가 우리에게 주는 가장 소중한 선물이 아닐까 합니다.

글쓰기와 루틴 활동
내면을 다지는 일상의 실천

글을 쓴다는 것은 단순히 문자를 나열하는 행위가 아닙니다. 그것은 우리 존재의 가장 깊은 곳에 숨어 있는 목소리와 대화를 나누는 일이며, 동시에 그 목소리를 세상에 내어놓는 용기의 행위이기도 하지요. 영혼에 말을 건다는 표현 속에는 글쓰기의 본질적 성격이 고스란히 담겨 있습니다. 우리는 언어를 통해 스스로와 만나고, 언어를 통해 스스로를 이해하며, 언어를 통해 스스로를 치유합니다.

봄날 아침, 창가에 앉아 빈 공책을 펼치는 순간의 신성함을 생각해봅니다. 새하얀 페이지는 단순한 종이가 아니라 무한한 가능성의 공간이에요. 그 위로 떨어지는 햇살은 마치 창조의 순간을 축복하는 듯합니다. 글쓰기가 정원을 가꾸는 일과 닮아 있다는 비유는 참으로 정확합니다. 정원사가 씨앗을 심고 물을 주며 정성스럽게 돌보듯, 우리도 마음속 생각과 감정의 씨앗들을 한 글자 한 글자 정성스럽게 심어갑니다.

감정을 꽃에 비유한 대목은 특히 인상 깊습니다. 기쁨이라는 노란 민들레, 슬픔이라는 보랏빛 제비꽃, 불안이라는 잿빛 구름, 분노라는 붉은 장미. 이런 표현들은 감정이 결코 배제되어야 할 대상이 아니라 우리 존재를 풍성하게 만드는 소중한 요소라는 것을 일깨워줍니다. 우리는 종종 부정적인 감정들을 감추거나 억누르려 하지만, 글쓰기는 그 모든 감정에게 저마다의 자리를 내어주고 의미를 부여합니다.

마음속 응어리가 글로써 풀린다는 것, 혼란스러운 생각들이 차츰 정리된다는 것은 언어가 가진 치유의 힘을 보여주지요. 언어는 단순히 의사소통의 도구가 아니라 우리 존재를 정화하고 정리하는 신비로운 능력을 지니고 있습니다. 마치 물이 흙탕물을 맑게 가라앉히듯, 언어는 우리 내면의 혼란을 차근차근 정리해줍니다.

삶을 끊임없이 흘러가는 강물에 비유하고, 글쓰기를 작은 그물로 순간들을 건져 올리는 일로 표현한 것은 시간과 기억에 대한 깊은 통찰을 담고 있어요. 우리는 시간의 흐름 속에서 수많은 순간들을 놓치며 살아갑니다. 하지만 글쓰기는 그 흘러가 버릴 뻔한 순간들을 붙잡아 영원 속으로 끌어올리지요. 그 과정에서 우리는 놓치기 쉬웠던 보석 같은 깨달음들을 발견하게 됩니다.

서툴고 어설퍼도 괜찮다는 위로는 완벽주의에 시달리는 현대인들에게 특히 필요한 메시지입니다. 우리는 종종 완벽한 글을 써야 한다는 강박에 시달리며 정작 글쓰기의 본질적 즐거움을 놓치곤 합니다. 하지만 진실된 마음을 담아내는 것 자체가 이미 충분히 아름답다는 것, 그것만으로도 삶을 예술작품으로 승화시킬 수 있다는 것은 글쓰기에 대한 근본적인 관점의 전환을 요구합니다.

'마음날씨 일기'라는 아이디어는 자기성찰의 구체적인 방법론을 제시합니다. 자신의 감정 상태를 날씨에 빗대어 표현하는 것은 단순해 보이지만 실제로는 매우 정교한 자기 관찰 행위입니다. '오늘 날씨는 흐리구나'라고 말하는 순간, 우리는 이미 자신의 감정을 객관화하기 시작합니다. 그리고 '어 떤 이유로 흐릴까? 어떻게 하면 맑게 할 수 있을까?'라는 질 문을 통해 감정의 원인을 탐구하고 해결책을 모색하게 되 지요.

매일 저녁 그날의 제목을 정하는 작은 시도는 일상을 예술 로 전환시키는 마법과 같습니다. '오늘 나를 미소 짓게 한 순 간' '내가 누군가에게 건넨 따뜻한 말 한마디' '잠시 멈추어 바라본 하늘의 색깔' 같은 제목들은 평범한 하루를 특별한 의미로 채색합니다. 이런 관찰의 렌즈를 통해 바라보면 일 상이 얼마나 특별한 선물들로 가득한지 깨닫게 됩니다.

여섯 달간 걸어서 등하교한 학생의 이야기는 특히 감동적입 니다. 같은 길을 매일 걸었지만 그 길이 매일 다른 풍경을 선

물했다는 것, 계절에 따 라 변하는 산과 들녘, 사 람들의 모습을 생동감 있 게 전해주었다는 것은 관 찰의 힘을 보여줍니다. 걸 으며 생각을 정리하고, 걸 으며 마음을 달래고, 걸

으며 서서히 자신을 발견해가는 과정은 명상과도 같은 수행

의 차원을 지닙니다. 때론 자신도 모르는 사이 변화의 기미들이 내면에 쌓이기 시작하여 도약의 어느 지점을 마련하게 되는 거 같고요.

그 아이가 스스로와 한 약속을 지켜나갔다는 것, 마치 매일 일기를 쓰듯 매일 시를 쓰듯 걸음으로 자신만의 이야기를 쌓아갔다는 표현은 삶 자체가 하나의 텍스트임을 보여줍니다. 우리는 모두 자신의 삶이라는 책을 써나가는 작가들입니다. 그 여섯 달의 시간 동안 아이의 내면에 자란 보이지 않는 단단한 힘, 비가 오나 눈이 오나 흔들리지 않을 단단한 뿌리는 글쓰기를 통해서도 기를 수 있는 내적 성장의 증거입니다.

글쓰기는 자신만의 정원을 가꾸는 일입니다. 그 정원에서 피어나는 가장 아름다운 꽃은 바로 '나'라는 이름의 꽃입니다. 매일 조금씩 글을 써나가며 우리는 자신'이라는 존재를 더 깊이 이해하고, 더 진실하게 표현하며, 더 온전하게 사랑할 수 있게 됩니다. 그리고 그 과정에서 우리는 단순히 개인적인 성장을 넘어서 타인과 세상과 더 깊이 연결되는 길을 발견하게 될 것입니다.

자문하는 철학적 물음

- 생명이 자신을 드러내며 끊임없이 변화하고 성장하며 다양하게 진화해왔듯이, 여러분 내면에 아직 발견하지 못한 다양한 모습이 있다고 생각하나요? 앞으로 여러분도 계속 변화하며 또 다른 자신으로 성장할 수 있다고 믿으시나요? 변화와 성장을 한 나다움의 모습을 한 번 그려 보세요.

- 외부로 향하는 창문에서 보이는 세계, 내면을 향해 열려 있는 창문의 세계, 이 중에서 어디를 향할 때 진정한 삶의 의미와 에너지를 얻을 수 있을까요? 그리고 그 안에는 어떤 세계가 있을까요? 한번 상상해 보세요.

일상의 작은 실천

- 조용히 나의 내면의 이모저모를 살펴보는 시간을 가져 보세요.

- 가장 다가오는 나의 모습에는 어떤 것들이 있을까요?

- 내면을 향한 창문을 닦고 귀 기울여서 느끼고 감각해 보세요.

- 나를 표현하는 창작 활동으로 작은 전시를 해 보세요.

- 그동안 진정 나를 위한 시간은 얼마나 가져 보셨나요?

- "오늘 나를 미소 짓게 한 순간" "내가 누군가에게 건넨 따뜻한 말 한마디" 혹은 "잠시 멈추어 바라본 하늘의 색깔" 같은 것들로 오늘의 일기를 써보세요.

- 내게 변화가 필요한 부분으로 생각되는 바가 있으신가요?

- 여러분은 익숙하고 안정된 것이 좋으신가요? 혹은 새로운 경험과 도전을 원하시나요?

Chapter 7

관계의 지혜

스스로를 사랑하고 수용하는 힘
관계의 출발

내면을 향하는 길에서 얻게 되는 가장 소중한 깨달음 중 하나는, 스스로를 사랑하고 수용하는 힘이야말로 모든 관계의 바탕이 된다는 것입니다. 이것은 단순한 심리학적 조언이 아니라, 인간 존재가 갖는 가장 근본적인 구조에 대한 이해입니다.

돌이켜보면 우리의 존재 자체가 관계로부터 시작됩니다. 어머니의 태중에서부터 이미 우리는 관계 속에 있었고, 첫 숨을 내쉬는 순간부터 무수한 관계의 그물망 속에서 살아가게 됩니다. 부모의 사랑, 형제자매와의 우정, 친구들과의 동행, 스승과의 만남, 사랑하는 이와의 결합, 자녀와의 끈끈한 유대. 이 모든 관계가 우리를 지탱해주고, 때로는 시험에 들게 하며, 궁극적으로는 성장시킵니다.

그런데 왜 이토록 소중하고 필수적인 관계가 동시에 가장 어려운 과제가 되는 것일까요? 인간은 분명 사랑하고 사랑받기를 원하는 존재이며, 서로 도움을 주고받으며 기뻐하는 본성을 지니고 있습니다. 하지만 그 선한 본성이 현실에서 온전히 발현되기까지는 많은 시행착오와 학습이 필요합니다.

관계의 어려움이 단순히 기술적 부족에서만 오는 것은 아닙니다. 물론 의사소통 능력이나 갈등 해결 기술의 부족이 관계를 어렵게 만들기도 하지만, 더 근본적인 원인은 우리 각자가 안고 있는 내면의 상처와 결핍, 그리고 그로 인한 방어기제에 있는 경우가 많습니다.

불편한 관계를 새롭게 가꾸어갈 씨앗이 이미 우리 안에 있다는 것은 희망적인 메시지입니다. 하지만 그 씨앗이 자라나기 위해서는 토양이 중요합니다. 남을 탓하고 원망하는 메마른 땅에서는 어떤 좋은 씨앗도 제대로 자랄 수 없습니다. 오히려 자신을 돌아보고 변화시키려는 겸손하고 기름진 마음의 땅에서야 관계 개선의 새싹이 돋아날 수 있습니다.

모든 관계의 출발점이 자신과의 만남이라는 것은 참으로 중요한 통찰입니다. 거울 앞에 서는 것처럼, 우리는 먼저 자신의 모습을 정직하게 바라볼 수 있어야 합니다. 나무가 튼튼한 뿌리를 내려야 건강한 가지와 잎을 뻗을 수 있듯이, 자신과의 건강한 관계가 바로 다른 모든 관계의 토대가 됩니다.

때로 우리는 자신 안의 빈자리를 타인으로 채우려 합니다. 자신에게서 받지 못한 사랑을 연인에게서 찾으려 하고, 자신이 인정받지 못한 부분을 친구들의 인정으로 메우려 하며, 자신의 부족함을 자녀의 성취로 보상받으려 합니다. 하지만 이런 시도들은 오히려 관계에 부담을 주고 왜곡시키기 쉽습니다.

스스로를 사랑하기에 앞서, 먼저 자신을 어떻게 대하고 있는지 솔직하게 살펴보는 것이 필요합니다. 우리는 종종 자신에게 가장 엄격한 재판관이 되곤 합니다. 너무 많은 것을 요구하고, 기대에 미치지 못할 때면 냉정한 눈으로 자신을 판단하며, 마음 깊은 곳의 작은 바람들을 무시하고, 지치고 힘들 때도 위로 대신 질책을 선택합니다.

이런 자기 대우는 타인과의 관계에도 그대로 투영됩니다. 자신에게 인색한 사람은 타인에게도 인색해지기 쉽고, 자신을 용서하지 못하는 사람은 타인의 실수도 쉽게 용서하지 못합니다. 반대로 자신을 과도하게 포장하고 교만한 태도로 일관할 때도 진정한 만남은 어려워집니다.

생각해보면 저 역시 오랫동안 타인에게는 따뜻한 위로와 관심을 건네면서도, 정작 자신에게는 어떻게 다가가야 할지 몰라 머뭇거렸던 시간들이 많았습니다. 마치 타인을 비추는 등불은 밝히면서도 자신의 방은 어둠 속에 둔 것처럼 말입니다.

우리의 시선은 항상 바깥을 향해 있습니다. 가족을 돌보고, 일터에서 책임을 다하고, 사회적 역할을 스행하느라 바쁜 일상을 보냅니다. 하지만 긴 항해를 하는 선장이 때로는 나침반을 보고 자신의 위치를 확인해야 하듯이, 우리도 때로는 멈춰 서서 자신의 현재 상태를 점검해보는 것이 필요합니다.

자신을 대하는 방식은 거울처럼 타인과의 관계에 반영됩니다. 부정적인 자아상은 타인을 바라보는 시선도 어둡게 만들고, 마음의 문을 닫게 만들기도 합니다. 특히 자신 안의 채워지지 않은 부분을 인식하지 못한 채 타인에게 그 채움을 기대할 때, 관계는 더욱 복잡해집니다.

관계를 정원에 비유해보면, 그 안에는 여러 가지 중요한 원리들이 작동합니다. 상호작용, 의사소통, 상호존중, 신뢰, 인간 본성에 대한 이해, 적응과 유연성, 상호 이익 등이 그것입니다. 놀랍게도 이 모든 원리들은 자신과의 관계에서도 동일하게 적용됩니다. 자신과도 건강한 상호작용이 필요하고, 자신의 내면 목소리에 귀 기울이는 소통이 중요하며, 자신의 다양한 면들을 존중하고 받아들이는 것이 필요합니다. 자신을 신뢰하고, 자신의 본성을 이해하며, 변화하는 자신에게 유연하게 적응하고, 자신의 진정한 이익을 돌보는 것도 마찬가지입니다.

결국, 관계라는 것은 자아와 타자 사이를 끊임없이 오가는 여행과 같습니다. 그 여행에서 우리는 타인이라는 거울을 통해 자신을 발견하고, 동시에 자신이라는 거울을 통해 타인을 이해하게 됩니다. 이런 상호 반영의 과정을 통해 우리는 더 깊이 성장하고, 더 풍성한 관계를 맺을 수 있게 됩니다.

그러므로 관계의 어려움을 근본적으로 해결하는 길은 바로 자신과의 관계를 회복하는 데서 시작됩니다. 스스로를 사랑하고 수용하는 힘을 기를 때, 비로소 타인을 진정으로 사랑하고 수용할 수 있는 마음의 여유가 생깁니다. 이것이야말로 모든 관계의 근본이며, 평생에 걸쳐 깊이 있게 탐구해 나가야 할 삶의 과제가 아닐까 합니다.

스스로 사랑하기
내면 에너지 회복의 시작

임상에서도 남의 말에 귀를 기울이고 자기감정을 솔직하게 털어놓으며 깊은 애정과 존중으로 상대방을 배려하는 사람들의 경우는 대인관계 문제, 그 또한 놀라울 정도로 개선되고 해결한다고 합니다. 중요한 결과입니다. 이렇듯 다른 사람들에게 열려있고 진솔하며, 존중과 사랑, 배려심을 가지는 게 매우 중요함을 일깨워줍니다.

이것을 자신에게 적용해보아도 훌륭합니다. "자신의 소리에 귀기울여주기, 욕구와 원함에 대해 진솔하게 반영해주기, 위로하고 격려하기, 존중하고 배려하는 마음으로 대하기" 이것을 실천해 가는 건 매우 값진 결과를 가져다 줍니다.

어느 것 하나라도 실천하면 변화를 가져올 수 있어요. 평소 자신에 대한 관심과 귀기울이기에 소홀할 수 있어서 생각만큼 쉽지 않을 수 있어요. 하지만 꾸준히 훈련해가는 과정에

서 일상이 변화할 수 있어요. 하나라도 꾸준히 실천해 간다면 긍정에너지가 생겨나는 걸 자신이 느끼게 되지요. 이러한 에너지가 생기면서 함께 하는 다른 관계들에도 여유를 가지고 대할 수 있게 될 겁니다. 물론 다른 관계에서의 실천도 함께 해간다면 더욱 더 생활에서 변화를 맛볼 수 있게 될 거고요. 초점을 가지며 생활하고 성찰하는 생활 자체가 매우 중요한 것이니까요. 마음이 넉넉해지고 여유를 느끼게 됩니다. 당장에 결과가 충분히 나지 않아도 대처가 달라질 수 있고요..

교실이라는 작은 정원에서도 우리는 '나 사랑하기'의 씨앗을 심습니다. 아이들은 각자의 마음밭에 자신만의 특별한 씨앗을 골라 심지요. 이는 단순히 목표를 향해 달려가는 프로젝트와는 다릅니다. 마치 매일 아침 물을 주고 햇볕을 느

끼며 자라나는 식물처럼, 일상 속 작은 실천들이 모여 우리 안에 아름다운 변화의 꽃을 피워냅니다. 나침반을 만드는 것에서 '나 사랑하기'의 일상은 나란 인생의 항해를 위한 바탕의 에너지를 만드는 중요한 실천이랍니다.

우리가 이 세상에 발을 디딘 이유, 그리고 오직 나만이 피워낼 수 있는 '나다움'의 꽃을 찾아가는 여정에서 삶의 진정한 에너지와 기쁨이 샘솟게 됩니다. 특히 인생의 한 가운데, 중년이라는 고개를 넘어설 때면 우리는 다시 한번 삶의 의미를 묻게 되지요. 사회적 성취라는 높은 산을 오르는 것도 중요하지만, 그 여정에서 잃어버리지 말아야 할 가장 소중한 나침반이 있어요. 바로 '나 사랑하기'라는, 우리 영혼을 비추는 은은한 등불입니다.

삶의 가장 근본적인 시작은 내 안의 소리에 귀기울이는 일입니다. 마치 어머니가 아이의 작은 속삭임도 놓치지 않으려 하듯, 우리의 욕구와 바람에 세심하게 귀기울이고, 때로는 그것을 다독이며, 때로는 부드럽게 조율해가는 것이지요. 우리가 살아가며 마주하는 수많은 순간들 속에서, 스스로를 위로하고 격려하는 일 또한 잊지 말아야 합니다. 아픔이 찾아올 때의 그 저린 마음도, 슬픔이 몰려올 때의 무거운 숨결도, 힘겨움 속의 한숨도, 속상함에 젖은 눈물도, 인내의 시간도, 분노의 불꽃도. 이 모든 감정의 물결을 그저 스쳐보내지 말고, 따뜻한 이해와 공감으로 감싸안는 게 무척 중요하답니다. 바로 내가 내 자신에게 가장 친밀한 동반자가 되어주어야 하는 것이지요.

의외로 이런 부분이 쉽지 않지요. 그냥 지나치기 쉽습니다. 어찌보면 자신을 그냥 내버려 두는 경우가 많습니다. 그러나 일상에서 이런 정성으로 자신을 대하는 게 참 중요함을 뒤늦게 저도 깨달았습니다. 진정한 힘으로 자신을 받쳐내주는 일인 데 말이지요. 이제라도 늦지 않았습니다. 일상의 변화에서 이상으로 향할 힘을 가질 수 있답니다.

진정한 나로서 살아가는 삶, 참된 기쁨과 보람을 느끼게 하는 삶으로 전환하고 싶은 갈망이 있으시지요? 지금 여기서 시작하시고 잊지 말아야 할 일상의 실천으로 자리매김하면 좋겠습니다. 아주 작은 일상의 변화를 꾀해보는 것부터 시작해보세요.

거울에 비친 나를 바라보기

인간관계에서 가장 신비로운 현상 중 하나는, 우리가 마주하는 모든 사람이 결국 우리 자신을 비추는 거울이 된다는 것입니다. 이것은 단순한 심리학적 은유가 아니라, 인간 존재가 갖는 가장 근본적인 인식 구조에 관한 이야기입니다.

길을 걷다가 마주치는 낯선 사람, 카페에서 우연히 눈이 마주친 누군가, 직장에서 함께 일하는 동료, 오랜만에 만난 친구. 이들 각자가 우리에게는 하나의 특별한 거울이 됩니다. 그 거울 속에는 우리가 미처 알지 못했던 자신의 모습들이 숨어 있습니다. 때로는 불편한 진실이, 때로는 감춰져 있던 아름다운 가능성이 그 속에서 모습을 드러냅니다.

누군가를 바라볼 때 우리 마음에 일어나는 잔물결들을 자세히 관찰해보면 참으로 흥미로운 발견을 하게 됩니다. 왜 어떤 사람은 별다른 이유 없이 우리를 불편하게 만드는 걸까요? 왜 어떤 이의 행동은 우리로 하여금 눈살을 찌푸리게 하고, 또 어떤 이의 모습은 설명할 수 없는 연민을 불러일으키는 걸까요? 반대로 왜 어떤 사람은 첫눈에 반짝이는 별처럼 눈부시게 다가와 우리의 마음을 사로잡는 걸까요?

이런 감정의 물결들이 사실은 우리 자신의 내면을 비추는 맑은 호수와 같다는 깨달음은 참으로 놀랍습니다. 심리학에서 말하는 투사(projection)라는 개념이 여기에 해당하지만, 그것을 넘어서 더 깊은 차원의 자기 인식 과정이 일어나고 있는 것임을 느껴요.

누군가에게서 느끼는 불편함을 자세히 들여다보면, 그것이 어쩌면 우리 안에 숨겨져 있던 그림자의 모습일 수 있습니다. 우리가 인정하고 싶지 않은 자신의 한 면, 부정하고 싶은 자신의 어떤 특성이 타인의 모습을 통해 우리 앞에 나타나는 것일지도 모릅니다. 그래서 그토록 불편하고 거부감이 드는 것일 수도 있어요.

반대로 누군가에게서 발견하는 찬란한 빛, 그 사람의 어떤 면에서 느끼는 강한 매력이나 부러움은 우리 안에 잠들어 있는 가능성의 신호일 수 있고요. 그것은 우리에게 '당신도 이렇게 될 수 있어요' '이것이 당신의 숨겨진 잠재력이에요' 라고 속삭이는 우주의 목소리일지도 모릅니다.

이런 관점에서 보면, 일상에서 마주하는 모든 만남들이 새로운 의미를 갖게 되어요. 단순히 우연한 조우가 아니라, 자기 이해와 성장을 위한 소중한 기회들로 다가오는 겁니다. 마치 우주가 우리에게 보내는 개별적인 메시지처럼, 각각의 만남은 고유한 가르침을 담고 있다고 생각합니다.

'저 모습은 당신 안에도 있어요. 꺼내어 보세요' '이것은 당신이 변화시켜야 할 모습이에요' 이런 속삭임들을 들을 수 있는 마음의 귀를 갖는다면, 우리의 일상은 훨씬 더 풍성하고 의미 있는 배움의 장이 될 것입니다.

그래서 타인에 대한 우리의 반응은 정말로 자기 이해의 소중한 나침반이 됩니다. 누군가를 보며 느끼는 감정의 일렁임, 그 미묘한 마음의 움직임들을 주의 깊게 관찰하는 것은 자신을 더 깊이 알아가는 훌륭한 방법이 되어 줄 겁니다. 이것은 단순히 심리 분석을 위한 도구가 아니라 자기 성장을 위한 살아있는 교과서와도 같아요. 바로 이해되거나 알아차려지지 않더라도 이런 관점과 귀기울임만으로도 우리의 감정과 정서, 생각을 훨씬 감싸안을 수 있게 됩니다.

특히 자신 안의 결핍이나 상처가 있을 때, 타인에 대한 반응은 더욱 강하게 나타납니다. 우리가 채우지 못한 빈자리, 아직 치유되지 않은 상처, 인정받지 못한 부분들이 타인의 모습을 통해 더욱 예민하게 반응하게 만드는 것이니까요. 이런 강한 반응들은 때로는 불편하고 고통스럽기도 하지만, 동시에 자신의 어떤 부분이 관심과 돌봄을 필요로 하는지 알려주는 소중한 신호이기도 합니다. 이것은 좋은 것, 저것은 나쁜 것의 식으로 다가가지 않고 있는 그대로를 수용하고 인정하는 것에서부터 자신을 살펴가주면 좋겠습니다.

매 순간 마주하는 거울들을 통해 우리는 조금씩 성장해갑니다. 처음에는 단순히 호감이나 불쾌감으로 느껴졌던 감정들이, 시간이 지나고 성찰이 깊어질수록 자신에 대한 더 깊은 이해로 전환된답니다. 그 과정에서 삶은 더욱 깊이 있는 의미로 채워지게 됩니다.

이런 깨달음을 갖게 되면, 타인을 대하는 우리의 자세도 달라집니다. 누군가가 우리를 불편하게 만들 때도 ‘저 사람 때문에’라고 생각하기보다는 ‘내 안의 어떤 부분이 반응하고 있는 걸까?’라고 자문하게 되니까요. 누군가에게 강하게 매력을 느낄 때도 ‘저 사람이 특별해서’라고만 생각하지 않고 ‘내 안의 어떤 가능성이 저 사람을 통해 나에게 신호를 보내고 있는 걸까?'라고 생각해볼 수 있게 되고요.

결국 모든 인간관계는 자기 발견의 여정이 되어요. 타인이라
는 거울을 통해 우리는 자신의 숨겨진 면들을 발견하고, 성
장해야 할 방향을 찾아가며, 치유받아야 할 상처들을 확인
할 수 있어요. 이런 관점에서 본다면, 우리 삶에 등장하는 모
든 사람들이 다 나름의 이유와 의미를 갖고 있는 것이 아닐
까 생각이 드는군요.. 그들은 모두 우리가 더 온전한 자신이
되도록 도와주는 소중한 동반자들인 셈입니다.

관계란 '잘 안 될 수도 있다'를 받아들이는 것

에너지의 현 좌표 진단

자신과의 관계를 돌아보고 사랑하는 것에서 관계 개선의 힘을 만들어간다고 해서, 모든 관계가 마법처럼 해결되는 것은 아닙니다. 이것은 관계에 대한 이상적 접근의 한계를 인정하는 현실적이고도 중요한 깨달음입니다. 인간관계는 수학 공식처럼 정확한 인과관계로만 이루어지지 않는 복잡하고 유기적인 영역이기 때문입니다.

특히 자책이 많은 성향을 가진 분들의 경우, 타인과의 관계에서 생기는 문제들마저 자신의 탓으로 돌리기 쉽습니다. 이것은 어떤 면에서는 책임감 있는 태도로 보일 수 있지만, 지나칠 경우 관계의 균형을 해치고 자신을 과도하게 소모시킬 수 있어요. 관계라는 것은 본질적으로 상호적인 현상이며, 혼자서만 책임질 수 있는 영역이 아니기 때문이랍니다.

관계가 중요하다고 해서 조바심을 내는 것도 마찬가지예요. 소중한 관계일수록 빨리 해결하고 싶은 마음이 굴뚝같지만, 그 조급함 자체가 때로는 관계를 더욱 경직되게 만들 수 있어요. 마치 꽃이 피는 시간을 재촉할 수 없듯이, 관계의 변화와 치유에도 그것만의 시간과 리듬이 필요하니까요.

자신이 그 관계를 감당할 수 있는지를 진솔하게 타진해보는 것은 매우 중요한 자기 돌봄의 행위입니다. 모든 관계를 다 책임질 수는 없고, 모든 문제를 다 해결할 수도 없지요. 때로는 '지금의 내가 이 관계를 감당하기에는 벅차다'고 인정하는 것이 더 현명할 수 있어요. 이것은 포기가 아니라 자신의 한계를 인정하는 성숙한 태도입니다.

힘이 없다고 느낄 때 그 점을 진솔하게 허락해주는 것, 이것은 자기 자비의 중요한 실천이 됩니다. 우리는 종종 자신에게 너무 많은 것을 요구하며, 항상 강해야 하고 모든 것을 해결할 수 있어야 한다고 생각하곤 합니다. 하지만 인간은 유한한 존재이며, 때로는 지치고 힘들어하는 것이 자연스러운 일이지요.

그럼에도 불구하고 관계를 새롭게 할 의지가 있다면, 그것은 분명 자기 개선과 성장의 절호의 기회가 될 것이겠고요. 이 과정에서 필요한 것은 용기입니다. 자신의 한계를 인정하면서도 동시에 성장의 가능성을 믿는 용기, 실패할 수도 있다는 것을 받아들이면서도 시도해보는 용기 말이에요.

관계에의 문제 해결력은 결국 내력의 에너지 문제입니다. 우리가 삶에서 어떻게 에너지를 만들어가고, 어떻게 그것을  관리하며, 어디에 투자할 것인지를 아는 것은 관계뿐만 아니라 모든 삶의 영역에서 중요한 지혜입니다. 긍정적 에너지와 지혜는 관계 개선의 핵심 자원이며, 이것들이 충분할 때 우리는 더 여유롭고 지혜롭게 관계의 어려움들을 헤쳐나갈 수 있답니다.

앞으로 향하는 목표와 실천이 동반될 때 거기서도 힘을 얻는다는 것은 개인의 성장과 관계 개선이 별개의 일이 아니라는 것을 보여줍니다. 자신만의 삶의 방향과 의미를 찾아가는 과정에서 얻는 에너지와 자신감이 관계에도 긍정적인 영향을 미치는 것이지요.

관계 문제 해결에 여러 길이 있다는 것을 인정하는 것 또한 중요해요. 하나의 정답이나 완벽한 해결책은 없으며, 상황과 사람에 따라 다른 접근이 필요할 수 있어요. 이런 유연한 사고는 관계의 복잡성을 받아들이고 다양한 가능성에 열려 있는 지혜로운 태도랍니다.

'잘 안 될 수도 있다'는 것을 받아들이는 것은 포기가 아니라 현실에 대한 건강한 인식이에요. 모든 관계가 반드시 회복되어야 하는 것도 아니고, 모든 갈등이 해결되어야 하는 것도 아니라고 생각해요. 때로는 거리를 두는 것이, 때로는 관계를 정리하는 것이 모든 당사자에게 더 나은 선택일 수도 있다고 봅니다.

자신이 설정한 어떤 상(像)으로 자신과 타인을 재단하지 않는 것은 특히 중요합니다. 우리는 종종 '관계는 이래야 한다' '사람은 이래야 한다'는 고정관념에 사로잡혀 현실을 왜곡해서 보기 쉬워요. 하지만 실제 사람들은 그런 틀에 맞춰지지 않는 복잡하고 다층적인 존재랍니다.

자연스럽고 자유로운 관계의 소중함을 느낀다는 것은 깊은 통찰입니다. 억지로 만들어지거나 강요된 관계보다는, 서로의 존재를 있는 그대로 받아들이며 자연스럽게 형성되는 관계가 훨씬 더 지속가능하고 의미 있어요. 이런 관계에서는 서로가 진정한 자신의 모습을 드러낼 수 있고, 그 과정에서 더 깊은 이해와 연결이 가능해집니다.

서로의 다름을 인정하고 각각의 '다움'을 이해하고 존중하는 것은 성숙한 관계의 핵심이라 봅니다. 모든 사람이 다른 배경, 다른 성격, 다른 가치관이 있으며, 그 다름 자체가 관계를 풍성하게 만드는 요소라는 것을 받아들일 때, 관계는 비로소 진정한 자유와 깊이를 얻게 되지 않을까요?

마지막으로 작은 일상의 루틴에서 얻는 에너지의 중요성은 간과하기 쉬운 지혜입니다. 거창한 변화나 극적인 해결책보다는, 매일매일의 작은 실천들이 만드는 안정적인 에너지가 삶을 받쳐내며 바탕의 큰 힘을 발휘할 수 있어요. 규칙적인 운동, 명상, 독서, 글쓰기와 같은 소소한 일상의 루틴들이 내적 에너지를 충전시켜주고, 그것이 결국 관계를 대하는 여유와 지혜로 이어지는 것이랍니다.

이처럼 관계의 지혜는 완벽함을 추구하는 것이 아니라, 불완전함을 받아들이면서도 지속적으로 성장해나가는 것에 있다고 봐요. 자신을 사랑하고 이해하는 것에서 시작하되, 그것만으로 모든 것이 해결되리라는 환상은 버리고, 현실적이고 균형 잡힌 접근을 유지하는 것. 그리고 그 과정에서 자연스럽고 자유로운 관계의 아름다움을 발견해나가는 것이 아닐까 합니다.

관계를 새롭게 하기
내 안의 다양한 소리에 귀 기울이며

어스름한 새벽, 창가에 기대어 따뜻한 차를 마시며 문득 생각합니다. 우리 안에는 수많은 소리들이 흐르고 있다는 것을요. 배고픔을 알리는 작은 속삭임부터 영혼의 목마름을 전하는 깊은 울림까지. 이 소리들은 마치 우리 몸과 마음이 연주하는 교향곡과도 같지요.

욕구라는 것은 참 신비로운 것이지요. 마치 봄날 새싹이 땅을 뚫고 나오려는 힘처럼 근원적이고 본능적입니다. 배고플 때 먹고 싶은 마음, 피곤할 때 쉬고 싶은 마음, 위험할 때 안전하고 싶은 마음. 이런 기본적인 욕구들은 우리를 살아있게 하는 생명의 신호입니다.

그리고 이 소박한 욕구들은 우리의 삶 속에서 조금씩 모양
을 바꾸어갑니다. 단순히 '잠이 오는구나' 하는 감각이 '오
늘은 창문을 열어두고 달빛을 바라보며 잠들고 싶다'는 구
체적인 소망이 되는 것처럼 말이지요. 이렇게 욕구가 욕망
으로 피어나는 과정은 마치 물방울이 모여 강을 이루는 것
과도 같아요.

문득 어릴 적 기억이 떠오릅니다. 더운 여름날, 시원한 그늘
을 찾아 헤매던 순간이 있었지요. 그저 더위를 피하고 싶다
는 단순한 욕구였습니
다. 하지만 그 욕구는 점
차 '나만의 비밀 정원을
만들고 싶다'는 구체적인
욕망으로 자라났고, 결
국 뒷마당 감나무 아래에
작은 의자와 책상을 두고

나만의 공간을 만들었답니다. 지금 생각해보면 그것은 단
순한 더위 피하기를 넘어선, 자아를 표현하고 영역을 만들
어가는 창조적인 과정이었어요.

우리의 일상에는 이런 작은 변주들이 끊임없이 일어납니다.
배고픔은 요리하는 즐거움으로, 잠자리의 포근함을 찾는

마음은 공간에 관한 관심으로, 안전에 대한 욕구는 든든한 관계를 만들어가는 여정으로 발전하지요. 이렇게 기본적인 욕구들이 우리만의 독특한 색채를 입고 욕망으로 피어날 때, 우리의 삶은 더욱 풍요로워집니다.

하지만 현대를 살아가는 우리는 종종 이런 내면의 소리를 외면하곤 합니다. 마감에 쫓기는 가운데 피로를 호소하는 몸의 신호를 무시하거나, 삶은 뒤로 제쳐놓고 눈앞의 일에만 급급하지요. 마치 연료가 바닥나도록 계속 맹렬히 달려가는 자동차처럼 말이지요.

창밖으로 저녁 노을이 물듭니다. 오늘도 수많은 욕구와 욕망들이 우리 안에서 일렁이다가, 어떤 것은 실현되고 어떤 것은 다시 내일을 기약하며 잠들어가겠지요. 때로는 그 소리들이 서로 부딪치며 혼란스러운 불협화음을 만들기도 하고, 때로는 완벽한 하모니를 이루며 우리를 춤추게 만들기도 합니다. 그렇게 우리는 하루하루를 살아갑니다.

차가운 창문에 이마를 대고 있으니 어느새 달빛이 스며듭니다. 마치 하루 동안 내 안에서 울리던 모든 소리들이 달빛으로 녹아내리는 것만 같아요. 그 은은한 빛 속에서 나는 생각합니다. 우리가 듣는 모든 내면의 소리들이, 우리를 더 깊은 곳으로 이끄는 나침반이 되어주고 있다는 것을 말이지요.

밤이 깊어갑니다. 달빛은 여전히 창가에 머물러 있고, 나의 작은 욕망들은 이제 편안한 숨결이 되어 고요히 쉬고 있습니다. 내일이 되면 또 다른 소리들이 나를 깨우겠지요. 그때도 나는 귀 기울여 들을 것입니다. 그것이 나를 어디로 이끌지는 모르지만, 그 여정이 만들어낼 이야기를 기대하며.

무엇이든 작은 소리들을 외면하지 않고 귀기울여 가다 보면, 내면의 울림이 강해지기도 하고 다채로와지기도 하여, 때론 혼돈스럽기도 하지요. 하지만 더 귀기울여 가다보면 마음의 울림이 세차지기도 합니다. 중요한 건, 나의 '선택'이라 생각해요. 관성적으로 쉽게 갈 것인지, 새롭고 낯설지만 아직은 욕구와 욕망의 형태지만 세게 다가오는 것을 선택할 것인지는 말이지요.

어쩌면 지금 저에게는 그런 갈림길이 생긴 것인지도 모르겠습니다. 다만 알겠는 것은 내 힘으로, 내게 오는 소리를 따라 그 길에서 나를 확인하고 싶은 갈망이 크다는 것입니다. 그 길이 선명하거나 길이 나 있는 것은 결코 아니지만요.

여러분도 저도 같은 위치에 서 있는 것인지도 모르겠어요. 제 마음이 보다 선명해질 수 있도록 지금 여기서 일상을 충실히 하여 에너지를 만들며 깊게 제 자신고- 조응하려고 합니다.

자문하는 철학적 물음

• 진정한 나로서 살아가는 삶, 그 삶의 모습은 어떤 것일까요?

• 관계의 기초이며 힘의 원천은 스스로의 관계에서 비롯됩니다. 스스로
  에 대한 사랑에서 진정한 삶의 에너지가 생성된다고 봅니다. 이에 대
  해 생각해 보는 시간을 가져 보세요. 나와의 관계는 어떠하며, 나는 주
  로 에너지는 어디에서 생성하고 있나요?

• 나와의 관계를 점검해 보세요. 진정 존엄한 존재로서 인식하며 존중하
  고 있는지, 평소 '말걸기'를 하고 있는지, 그 소리에 귀를 기울이는지,
  굳건한 믿음과 신뢰로 함께 하고 있는지 등을 통해 차분하게 점검하
  는 시간을 가져 보세요.

일상의 작은 실천

- 매일 아침, 거울을 보며 자신과 만나는 시간을 가져 보세요. 거울 속 나와 눈을 맞춰 보세요. 당장 눈을 마주하기 어렵더라도 꾸준히 하다 보면 변화가 보일 거에요. 자신과의 열린 관계를 만들어 보세요.

- 바쁜 와중에도 '나의 소리'에 귀를 기울이는 짧은 시간이라도 허락해 보세요. 그리고는 가만히 들려오는 소리들을 들어 보세요. 처음에는 들리지 않을 거에요.

- 하루를 마무리하며, "오늘 하루 애쓰셨습니다." "마음이 힘드셨지요? 위로의 마음을 보냅니다." "~한 행동 어려우셨을텐데, 시도해 보셨군요. 칭찬합니다." 어떤 것이든 좋으니 한번 해 보시겠어요?

Chapter 8

가족과 가정, 성숙한 삶

어른으로 살아가기

어느 날, 문득 거울 앞에 멈춰 서게 되었습니다. 세월이 빠르게 흘러 제게 분명 나이를 더해주었지만, '과연 나는 정말 어른이 된 것일까?' 하는 물음이 고요히 피어올랐습니다. 이 질문은 단순해 보이지만, 사실 우리 존재의 가장 근본적인 성찰로 이끌어주는 깊은 물음이었습니다.

어른이 된다는 것이 단순히 생물학적 시간의 축적일 수는 없습니다. 그것은 자기 삶의 방향을 견지하고, 자신을 비롯하여 여러 관계를 지혜롭게 다스려갈 줄 아는 내적 성숙을 의미한다고 생각합니다. 감정의 물결이 거세게 일어날 때도 자기만의 질서를 지켜낼 수 있는 힘, 그것이야말로 진정한 어른의 조건이 아닐까 싶어요.

이런 생각들을 정리하면서 제가 이 책을 통해 가장 전하고 싶었던 메시지는 '셀프 리더십'입니다. 자기 삶의 주인으로서 자신을 경영해가는 힘인 거지요. 이것은 단순한 자기계발의 개념을 넘어서, 존재론적 차원에서 자신의 삶을 책임지고 이끌어가는 능력을 의미합니다. 나를 이끄는 힘이 없다면, 관계에서도 중심을 잃고 표류하게 될 테니까요.

하지만 솔직히 고백하자면, 저 역시 미성숙한 면이 많은 어른이랍니다. 때로는 어리석은 판단을 하고, 때로는 편향된 시선에 사로잡혀 실수를 반복합니다. 그러나 중요한 것은 그런 자신을 알아차리고 객관적으로 인식하려는 의지라고 생각해요. 자신이 어떤 사람인지조차 모른 채 살아가는 삶은, 결국 자기 틀에 갇힌 채 타인에게만 요구하는 삶으로 흘러가고 말 테니까요.

이런 자기 인식의 과정은 평생에 걸친 여정입니다. 완벽한 어른이 되는 것이 목표가 아니라, 지속적으로 자신을 성찰하고 성장시켜 나가는 것이 진정한 성숙의 의미라고 봐요. 이는 마치 정원을 가꾸는 것과 같습니다. 한 번 완성되면 끝나는 것이 아니라, 계절마다 손질하고 돌보며 더욱 아름답게 만들어가는 지속적인 과정이라 말하고 싶어요.

어른으로 살아간다는 것은 삶의 기준을 세우고, 그것을 거

듭 확인하며, 삶의 나침반을 잃지 않으려는 태도에서 시작
된다고 봐요. 이 과정에서 우리는 인격을 단련하고, 세상과
의 연결을 깊게 하며, 점점 더 의미 있는 삶으로 나아갈 수 있
게 됩니다. 그 변화가 작더라도, 자신만의 변화를 위한 실천
이 더해진다면 더욱 그러할 겁니다.

스스로에게 묻고, 성찰하고, 한 걸음 내딛는 사람. 그런 사

람이야말로 자신의 인생
에서 진정한 주인공이 될
수 있다고 믿어요. 이것은
거창한 성취나 외적인 성
공을 의미하는 것이 아닙
니다. 오히려 일상의 작은
선택들에서부터 자신의
가치와 신념을 실현해나가는 성실함이라 할 수 있어요.

요즘 들어, 성찰을 더하게 하는 점이 있어요. 그건 성찰도 어
느 한정선 내에서 반복할 수 있다는 점에서요. 한 측면에서
만이 아니라 다양한 측면에서 보기도 하고, 아예 새롭게 접
근해볼 수 있도록, 다른 환경이나 조건도 필요하지 않겠나
하는 거에요.

그런 의미에서 이제 '가족'에 대해 생각해보는 건 중요하다

고 봅니다. 우리는 오랫동안 결혼을 하고 자녀를 두는 것을 당연한 수순으로 여겨왔어요. 하지만 지금 시대는 그런 당연함에 근본적인 질문을 하게 합니다. 가족은 과연 무엇을 위한 것일까요? 우리가 만들어가야 할 가족은 어떤 모습이어야 할까요?

저는 가족이란 무엇보다 정서적 유대감과 사랑이 중심이 되는 공동체라고 생각합니다. 그렇기에 단순히 혈연관계에만 기초한 것이 아니라, 서로의 삶을 존중하고 지지해주는 관계라면 그것이 곧 가족이지 않을까 생각합니다. 시대가 변화함에 따라 다양한 가족 형태가 등장하는 지금, 전통적 가치를 존중하면서도 새로운 의미의 가족관계를 능동적으로 형성해가는 지혜가 필요해 보입니다.

그렇다면 가족관계에서 무엇을 살펴보면 좋을까요? 제가 성찰하게 되는 지점이 있어요. 우리는 결혼을 하고 자녀를 낳고 기르는 것을 대체로 관례처럼 치르고 있는 것은 아닐까요? 아니면 사랑이 낳는 자연스러운 본능으로만 여기고 있는 것은 아닐지요?

물론 여기서 그 지점을 깊이 다루려는 것은 아닙니다. 다만 어떻게 하면 보다 좋은 방향으로 가족관계를 모색해갈 수 있을지를 함께 생각해보고 싶어요. 이것은 기존의 가족 제도를 부정하자는 것이 아니라, 더 의식적이고 의미 있는 가족관계를 만들어가자는 제안인 거지요.

먼저, 가족의 중심을 이루는 부부의 입장에서 '우리는 가족과 가정에 어떤 질서를 만들고 있을까?'를 한 번 돌아보면 좋겠습니다. 또렷한 기준이나 원칙 없이 그저 내 마음이 기우는 방향으로, 내 생각대로만 운영하고 있지는 않았는지 살펴보는 것입니다.

더 나아가 우리가 '무엇을 위한' 가족이 되어야 할지에 대한 '뜻'을 세우고 있는가를 생각해봅니다. 여기서 뜻이란 단순한 의도를 넘어서, 우리 가족이 지향해야 할 가치와 방향, 그리고 그것을 실현하기 위한 구체적인 의지를 의미합니다. 아니면 그냥 나에게 배어있는 기존의 생각대로 관성적으로 살아가고 있는 것은 아닌지를 성찰해보는 겁니다.

이런 질문들은 결국 가족도 의식적으로 만들어가야 할 관계라는 인식으로 이어집니다. 자연스럽게 주어진 것으로만 여기지 않고, 구성원 모두가 성장하고 행복할 수 있는 공동체로 능동적으로 가꾸어나가야 한다는 의미인 셈이죠.

어른이 된다는 것, 셀프 리더십을 기른다는 것, 그리고 의미 있는 가족을 만들어간다는 것은 모두 연결되어 있어요. 자

신의 삶을 주체적으로 이끌어갈 수 있는 사람이 되어야, 타
인과의 관계에서도 진정한 사랑과 존중을 실현할 수 있고,
그런 토대 위에서 건강한 가족공동체도 형성할 수 있을 거
에요. 이것이야말로 성숙한 어른으로 살아가는 길이 아닐
까 합니다.

함께 만드는 '가족 질서'

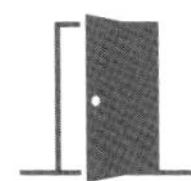

가정은 작은 우주입니다. 매일 밥 냄새가 물씬 풍기고, 문 여닫는 소리가 울려 퍼지며, 엇갈리는 표정 속에서 서로의 숨결과 마음을 느끼는 그 공간. 그 안에서 우리는 누구보다 진솔한 모습으로 살아갑니다. 하지만 그 친밀한 공간 안에도 보이지 않는 흐름이 있고, 미묘한 균형이 있으며, 무엇보다 살아있는 '질서'가 존재한다는 것을 깨닫게 되었어요.

'질서'라는 말이 제게 새롭게 다가온 것은 교사로서의 경험 덕분이었습니다. 이 깨달음은 단순한 직업적 체험을 넘어서, 인간 공동체가 어떻게 형성되고 운영되어야 하는지에 대한 근본적인 성찰로 이어지게 했습니다. 우리는 학교에서

'자치자율'을 중요하게 여겨 많은 부분을 아이들의 결정에 맡겼습니다. 이것은 단순히 방임하는 것이 아니라, 아이들이 스스로 책임질 수 있는 주체로 성장할 수 있도록 돕는 의도적인 교육 철학이라고 할 수 있어요.

아이들은 수많은 시행착오를 거치며 스스로의 규칙을 만들어갔습니다. 수업, 프로젝트, 생활 전반에 이르기까지 모든 과정이 대화와 토론, 그리고 끊임없는 피드백을 통해 만들어졌어요. 이 과정을 지켜보면서 제가 크게 배운 점이 있습니다. '질서'란 어느 날 갑자기 하늘에서 뜰어지는 완성된 형태가 아니라는 것이에요.

진정한 질서는 함께 고민하고, 합의하여 실천하고, 다시 돌아보는 끊임없는 순환 속에서 서서히 뿌리내린다는 사실을 깨달았습니다. 이것은 민주주의에 대한 저 이해를 근본적으로 바꾸어 놓았어요. '함께 세우는 질서'야말로 진정한 민주주의의 실천이자, 성숙한 관계의 형태라는 확신이 들었습니다. 이런 과정을 통해서 아이들은 자주적인 태도와 민주적인 질서에 자연스럽게 눈뜨게 되는 것임을요.

이러한 성찰은 자연스럽게 가족에 대한 생각으로 이어졌습니다. 과연 우리는 가족이라는 이름 아래 얼마나 서로를 존중하고 있을까요? 자녀를 하나의 온전한 인격체로 바라보며 존중하여, 그들의 의사를 듣고 함께 기준을 세우고 있을까요? 이런 질문들은 저에게 깊은 성찰의 시간을 선사했습니다.

아마도 많은 경우, 우리는 자신이 배운 방식대로 가족을 운영하며 살아갑니다. 부모로부터 물려받은 양육 방식, 사회적으로 통용되는 가족 문화, 개인적 경험에서 나온 신념들이 복합적으로 작용하여 우리만의 가족 운영 방식을 만들어내는 거라 생각해요. 하지만 여기서 한 가지 중요한 사실을 놓치기 쉽지요. 가족이야말로 아이가 처음 만나는 공동체이며, 첫 민주주의의 현장이기도 하다는 점이에요.

가정에서의 경험이 아이의 사회성과 시민 의식의 기초가 된다는 것은 교육학적으로도 명확히 입증된 사실이지요. 가족 안에서 자신의 의견이 존중받고, 의사결정 과정에 참여할 수 있었던 아이는 성인이 되어서도 건강한 민주 시민으로 성장할 가능성이 높습니다. 그러므로 가정은 매우 중요한 경험과 배움의 장이 아닐 수 없는 것이지요.

부모는 가족의 중심에서 기준을 세우는 존재입니다. 이 사실을 인정하게 되니, 부모의 가치관이 얼마나 중요한지 새삼 깨닫게 되었어요. 부부간에 먼저 자신의 가치관과 습관들에 대해 살피고 맞춰보는 시간을 보냈는가를 돌아보게 되더군요. 두 사람의 서로 다른 배경과 신념이 어떻게 조화를 이루어 하나의 가족 문화를 만들어내는지, 그 과정에서 발생할 수 있는 갈등을 어떻게 건설적으로 해결해나갈 것인지에 대한 고민이 필요했어요.

부모로서 먼저 자신을 돌아보게 되고, 작은 변화의 노력을 해야겠다는 생각이 들었습니다. 부모가 가족의 뿌리를 만들어가는 존재라면, 그 기준은 권위나 통제로서가 아니라 참여가 있는 분위기에서, 의식적인 실천과 대화에서 비롯되어야 한다는 것을 알게 되었어요.

전통적으로 부모는 규칙을 정하고 아이는 따르는 구조였다면, 이제는 함께 규칙을 만들어가는 동반자적 관계로의 전환이 필요함을 배웠어요. 물론 이것이 부모의 책임과 역할을 포기하자는 것은 아니에요. 오히려 더 지혜롭고 섬세한 리더십이 요구되는 일입니다.

바쁜 일상 속에서도 하루 한 끼 밥상에서 나누는 대화, 가족 회의라는 형식 안에서 서로의 생각을 묻는 태도, 아이가 원하는 역할 하나를 존중하며 맡기는 자세. 이 모든 것이 가족 안의 질서를 세워가게 하는 구체적인 실천이 됩니다. 이런 작은 실천들이 쌓여서 가족만의 고유한 문화와 전통을 만 들어내는 것입니다.

때로는 서로 상처를 주고, 말이 어긋나고, 대화가 단절되기 도 합니다. 이것은 가족이라고 해서 피할 수 있는 일이 아닙 니다. 오히려 친밀할수록 더 깊은 상처를 줄 수도 있고, 서로 를 너무 잘 안다고 생각해서 배려를 소홀히 하기도 합니다. 하지만 그럼에도 불구하고 다시 손을 내밀 수 있는 것, 그것 이 바로 가족이라는 공동체가 가지는 특별한 가능성입니다.

우리가 함께 그려갈 '가족의 상(像)'은 거창하지 않아도 됩니

다. 웃음이 피어나는 집, 서로의 하루를 궁금해하 는 가족, 서로를 응원할 수 있는 마음, 꿈과 따뜻 함이 머무는 곳. 이런 소 박하지만 진실한 풍경들 이 우리를 다시 일으켜 세

워줄 것입니다. 사랑의 에너지가 넘치는 가족과 가정으로 말입니다.

어린 자녀라도 충분히 참여할 수 있습니다. 밥상머리에서 건네는 '오늘 어땠어?'라는 질문 하나, '우리 가족의 약속을 하나 만들자'는 제안 하나로도 아이는 충분히 설렐 것입니다. 사람은 누구나 연결되고 싶고, 기여하고 싶은 본능적 동기가 있다고 믿어요. 아이들도 예외가 아닙니다. 그들 역시 가족의 소중한 구성원으로 인정받고, 의미 있는 역할을 담당하고 싶어합니다.

가족이라는 이름 아래 함께 만들어가는 질서. 그것은 진정 어른이 되는 것, 나와 너, 그리고 우리가 되는 연습이 아닐까요? 이 과정에서 우리는 개인의 자유와 공동체의 조화를 배우고, 차이를 인정하면서도 함께 살아가는 지혜를 체득하게 됩니다. 그리고 이런 경험들이 쌓여서 더 큰 사회에서도 건강한 시민으로 살아갈 수 있는 토대가 마련되는 것입니다.

존중과 배려가
바탕을 이루는 문화

가족 관계가 품고 있는 가장 깊은 모순을 들여다보면, 우리는 인간 존재의 근본적인 딜레마와 마주하게 됩니다. 가장 사랑하는 사람에게 가장 상처를 주기 쉽다는 것, 가장 가까운 사이일수록 상대를 온전한 타자로 인정하기 어렵다는 것. 이것은 단순한 관계의 기술 문제가 아니라, 사랑 자체가 내재하고 있는 존재론적 모순입니다.

'사랑'이라는 단어 뒤에 숨어 있는 미묘한 폭력성을 인정하는 것은 쉽지 않은 일입니다. 우리는 사랑을 순수하고 아름다운 것으로만 여기고 싶어하지만, 현실에서의 사랑은 종종 소유욕과 통제욕을 동반하는 걸 목도하게 되지요. '너를 위해서'라는 명분 아래 상대방의 자유의지를 무시하고, '사랑하니까'라는 이유로 경계를 침범하는 일들이 가족 안에서는 너무도 자연스럽게 일어나지요.

내 안의 결핍을 가족에게 투사하는 메커니즘은 더욱 복잡합니다. 어린 시절 받지 못한 사랑을 자녀를 통해 대리 만족하려 하거나, 이루지 못한 꿈을 아이에게 강요하는 것은 단순한 개인적 문제가 아닙니다. 그것은 세대를 거쳐 전해지는 무의식적 상처의 연쇄 반응이며, 개인이 속한 사회와 시대의 결핍이 가족이라는 최소 단위로 압축되어 나타나는 현상이기도 해요.

헌신이라는 미명 아래 자녀의 주체성이 지워지는 현상을 바라보면, 우리는 사랑의 이름으로 행해지는 지배의 정교한 메커니즘을 발견하게 됩니다. 주는 자의 희생이 클수록 받는 자의 죄책감과 부채 의식도 커지고, 그 안에서 진정한 자유로운 관계는 질식당하고 말지요. 이것은 개인적 차원을 넘어서 한국 사회의 효 문화와 가족주의가 만들어낸 구조적 문제이기도 합니다.

하지만 자녀들의 예상치 못한 반응 속에서 발견하는 진실은 희망적입니다. 아이들의 저항이나 반발은 때로 기성세대가 당연시해온 관습과 질서에 대한 본능적 거부감의 표현일 수 있어요.그들이 보여주는 낯선 반응들은 우리에게 다른 가능성을 열어보이는 창문이 되는 거지요. 세대 간의 갈등을 단순히 소통의 부재로 치부하지 않고, 서로 다른 존재방식을 인정하는 출발점으로 삼을 수 있다면, 그것은 가족 관계의 새로운 패러다임을 여는 계기가 될 수 있을 거에요.

가정이 자연스럽게 유지되는 공간이 아니라 의식적 선택으로 만들어지는 공간이라는 인식은 가족에 대한 우리의 고정관념을 근본적으로 흔들어 놓게 되지요. 혈연이라는 생물학적 운명을 넘어서, 날마다 새롭게 선택하고 창조해가는 관계로서의 가족. 이것은 전통적 가족관과는 다른, 더 자유롭고 창조적인 가족의 가능성을 제시한다고 봅니다.

시간을 할애한다는 것의 의미도 다시 생각해보게 됩니다. 단순히 물리적 시간을 함께 보내는 것이 아니라, 서로의 존재를 온전히 받아들이는 질적 만남의 시간. 스마트폰을 내려놓고 진정으로 마주 보는 시간, 각자의 속도를 인정하며 기다려주는 시간. 이런 시간들이 축적되어 가족만의 고유한 시간성을 만들어내고, 그것이 곧 가족의 정체성이 된다고 봅니다.

가족이라는 친밀한 관계 속에서 우리가 배워야 할 것은 사랑의 기술이 아니라 사랑의 윤리입니다. 상대방을 나의 연장선이 아닌 독립된 존재로 인정하는 것, 내 방식을 강요하지 않고 다른 방식의 존재를 허용하는 것, 주고받는 사랑이 아닌 조건 없는 사랑을 실천하는 것. 이런 윤리적 태도야말로 진정한 가족 공동체를 만들어가는 근본적 토대가 아닐까 합니다.

각자의 결핍을 해소하고 정서적 유대감 만들기

우리는 서로 기대고 도우며 살아가는 존재입니다. 사람이라는 글자가 두 사람이 서로 기대어 선 형상을 띠듯이, 우리는 누구에게나 거울이 되고, 또한 그 거울에 비추어 자신을 발견합니다. 가까운 사이일수록 그 비춤은 더욱 또렷하고, 더 많은 감정을 일으키게 되지요. 특히 부부 간, 부모와

자녀 간의 관계에서는 자신도 모르게 내면의 결핍을 해소하

고자 상대에게 무언가를 요구하는 일이 많아집니다.

이 부분을 유념해서 살펴가는 게 지혜로움이겠지요. 한 지인은 이렇게 말했습니다. "어릴 적 어머니에게서 채우지 못한 정서가 늘 내 안에서 작용해왔어요. 그 사실을 이제야 알게 되었죠." 성인이 되어서야 비로소 자신을 이해하게 되는 이런 경험은, 아마도 우리 모두에게 익숙한 이야기일지도 모릅니다. 만약 스스로를 존중하고 사랑하는 법을 조금 더 일찍 배웠더라면, 그 많은 상처들이 조금은 더 부드럽게 치유되었을지도 모르죠.

그러나 역시 혼자서는 온전한 회복을 하긴 어려워요. 사랑하는 사람이 옆에서 따듯한 사랑을 해주거나 좋은 본이 되어준다면, 그 영향은 말로 다 할 수 없이 큽니다. "저렇게 자신을 존중하고 사랑하는 거구나", "참 긍정적으로 자신을 보네?", "자신에게 보상도 한다고?"와 같이 작지만 깊은 깨달음들이 우리 안에 조금씩 스며들며 변화해가게 하거든요.

또 한 번쯤은 지난날을 찬찬히 돌아보는 시간도 필요합니다. 어린 시절, 혹은 태내 환경까지 되짚으며 기억을 꺼내어 글로 적어보는 것도 좋은 시작입니다. 이 정리의 과정은 상처를 보듬고, 자신을 따뜻하게 안아주는 여정이 되니까요.

이런 성찰은 우리 자녀에게도 꼭 필요한 작업입니다. 시간이 더 흐르기 전에, 아이가 말하지 못했던 감정과 기억들을 함께 풀어주는 시간을 가져보는 건 어떨까요? 가족 간의 정서적 유대는 그 안에서 싹틉니다. 물론 아이가 가장 행복했던 순간들도 귀담아 보면 많이 도움이 되겠지요?

사실 우리는 가족 안에서도 진솔한 대화를 잘 나누지 못해요.. 저 역시 가족 프로그램을 진행하면서 그 점을 절실히 느꼈고, 그 안에서 우리 가족도 소중한 시간을 가질 수 있었습니다. 예를 들어, '가족 이름'과 '가족 훈'을 만드는 시간은 서로의 이야기를 나누고, 각자의 마음을 발견하는 데 큰 도움이 되어 줍니다. '자신감' '희망' '사랑'이라는 키워드가 자연스럽게 오갔고, 격려와 위로, 그리고 웃음과 눈물이 함께한 시간이었습니다.

가장 기억에 남는 순간은 가족프로그램에서 각자의 소망과 바람을 나누던 시간이었습니다. 누구도 흉보지 않고, 누구도 숨지 않으며, 자신의 마음을 조심스럽게 열었던 그 시간. 아이들도 울었고, 어른들도 울었어요. 누군가는 오랫동안 하지 못했던 사과를 전했고, 누군가는 미처 꺼내지 못했던 고마움을 말하기도 했답니다. 그것은 단지 프로그램의 일부가 아니라, 가족이 다시 연결되는 역사적 순간이라 할 수 있지요. 아니 기적의 순간이라 할 수 있지 않을까요?

하지만 이런 분위기는 자연스럽게 만들어지지 않아요. 환경을 조성하고, 연습하며, 의식적으로 가족 문화를 형성해갈 필요가 있어요. 우리 아이들이 부모의 일을 제대로 알지 못하는 경우가 많더군요. 학교에서도 '가족 이해활동'을 통해 가족 구성원들 간에 다시 바라보는 기회를 만들었고, 그 효과는 매우 컸습니다.

여행을 함께 하거나, 어릴 적 꿈을 이야기하거나, 과거의 자신을 되짚어보는 시간은 부모와 자녀 모두에게 깊은 울림을 주더군요. "아하 내가 그런 사람이었지", "그때 나는 참 반짝였었지." 과거를 기억하는 일은, 현재를 더 단단하게 살 수 있게 도와줍니다. 그것은 긍정의 힘이고, 새로운 나를 여는 열쇠이기도 하답니다.

사람들에게 여전히 사랑에 대한 고픔은 큽니다. 시대가 각박하고 휘몰아쳐갈수록 따뜻한 둥지는 더없이 소중하지요. 그만큼의 시간을 들여야 하며, 전과는 다른 형태와 탄력성을 가질 수 있어야 유지되고 보존될 수 있을 겁니다. 삶의 형

태도 다양해지고 있고, 한 집에 머물지 못하는 형태를 가지
는 경우들도 많습니다. 무엇이 서로를 연결하는 요소가 될
지부터 함께 이야기 나누며 만들어 갈 수 있을 겁니다. 이 연
결고리의 핵심을 찾는 게 우선이겠어요.

그런 연결 역시도 '나로부터' 가능하게 할 수 있다고 봐요. 묘
한 힘의 작용이 있는 거지요. 보이지 않는 힘의 작용 말이지
요. 내가 삶의 지표가 명확하고 내 안에 갇혀 있지 않고 에
너지를 많이 만들어갈수록 그 힘이 자라며 '함께'할 수 있는
힘으로 작용하게 됩니다. 건강한 가족과 가정으로 회복하
고 성장하게 하고 싶다면, 나로부터 열린 마인드와 건강한
에너지를 만들어가는 노력과 실천을 시작해보세요.

부모와 자녀 간 건강한 관계의 지속을 위하여

사회가 여러모로 매우 많이 변화하고 있습니다. 제도적인 부분도 그렇고 사회 발전 양상도 급속도로 변화하고 있어요. 그렇기에 기존의 비교적 평탄한 변화를 보이던 시대의 수준을 가지고 그대로 대입해서는 안 되는 시대가 되었습니다.

그런데 부모가 자녀와의 관계나 가치, 판단 역시 답습하고 있지는 않는지요? 부모 세대가 먼저 스스로의 지평을 확대하여 사고나 인식을 새로이 할 필요가 있는 때입니다. 기후 위기의 시대이기도 하고 기존과는 다르게 급속도로 변화일로에 있습니다. 세상의 변화 양상을 살피며 무엇이 중요할

지, 어떤 준비를 해가야 할 지를 볼 수 있다면 훨씬 지혜롭게 변화 노력을 하고, 자녀들에게도 도움을 줄 수 있을 겁니다. 교육에 대해서나, 사회 진출에 대해서나, 결혼에 대해서든 많은 부분에서 우리 스스로를 먼저 점검하고 정립해야겠다는 생각이 듭니다. 그래서 보다 열린 사고와 태도를 지녀서 자녀와의 대화와 지원을 생각하면 관계도 원만하게 소통하며 풀어갈 수 있을 겁니다.

그렇기에 앞서 이야기했듯이 자녀 자체를 존중하고 믿음을 가지고 지켜봐 주는 게 아주 중요합니다. 때때로 보면 자녀를 걱정한다 하지만 자신의 경향과 습관에서 오는 태도를 보일 때가 있더군요. 매사 걱정이 많고 우려가 많은 부모 자신의 문제일 수도 있다는 것이지요. 오히려 자신을 단단하게 만들 때 자녀에게 안정감을 줄 수 있고 긴 호흡으로 지켜봐줄 수 있을 거에요.

자녀의 발달 단계와 사회적 변화 양상을 고려하여 부모가 지녀야 할 태도나 마음가짐을 살피고 배우는 것도 필요합니다. 사회 환경이 급속도로 변화하면서 교육에 대해서도 기존 방식이나 가치로서가 아닌 탄력성있게 접근할 필요도 있고 자녀의 의견을 존중하여 함께 모색할 필요도 있습니다. 자녀가 심리적 독립을 원하고, 자율성을 보장받기를 원하는 시기도 있을 겁니다. 또 청소년기에서 성인기로 접어드는 나이가 길어진 사회적 여건을 이해하면서 여유있게 자녀를 대하고 지원해줄 필요도 있을 거고요. 그리고 자녀들에게 부모에게만 의존하던 것에서 중요하게 여기는 새로운 관계들이 생길 수 있어요.

이런 것들을 인정하며 물러서서 바라볼 수 있는 여유와 힘이 필요하겠다 생각도 듭니다. 내가 힘이 되어주고 싶고 자녀가 내게 기대길 바랄 수도 있고, 의논해오길 바라게도 되는 게 사실이기도 하지만요.. 그래서 섭섭해질 수도 있고 속상할 때도 있을 테지만, 이것 역시 우리 부모의 몫이겠지요. 공부도 많이 해야 합니다. 세상과 인간⋯. 인문학적인 여러 이해를 할 수 있도록요.

그렇기에 더욱 삶의 굿굿함을 가져갈 수 있는 나 스스로의 삶의 변화와 에너지를 만들어가야 한다는 걸 되새기게 됩니다. 건강한 몸과 마음, 내 삶을 지탱하고 의미있게 만들어줄 것들을 모색하며 해가는 게 중요하겠어요. 그러면 삶의 여백이 생겨서 그만큼 자녀를 바라보는 데도 여유를 가지고 상황들을 맞이할 수 있을 거 같거든요.
무엇보다 부모가 자녀에게 정서적 안정감을 주는 게 중요하고, 정서적 유대감을 지속적으로 가져갈 수 있는 게 참 소중한 일임을 다시금 상기하게 됩니다.

자문하는 철학적 물음

- 여러분이 생각하는 어른의 기준이나 모습을 상상해 보세요.

- 가족이란 무엇을 위한 존재이고 관계인지 생각해 보는 시간을 가져 보
세요.

- 여러분은 여러분의 가족과 가정에 어떤 가치 덕목이 가장 필요하다고
생각하나요?

- 가족의 문화를 어떻게 형성해 가고 싶나요?

일상의 작은 실천

- 거울 보며 대화하기: 매일 아침 거울을 보며 자신과의 대화를 시도해 보세요

- '그땐 말하지 못했지만…' 편지쓰기: 가족 중 한 사람을 떠올리며, 미처 전하지 못했던 말이나 고마움, 미안함을 글로 적어 보세요. 꼭 전달하지 않아도 좋습니다.

- 자신에게 보내는 편지도 좋습니다.

- 한 달에 한 번, 가족과 '마음 나눔 밥상' 마련하기: 함께 식사하며 "이번 달에 나에게 가장 큰 기쁨/힘듦은 무엇이었는지"를 이야기해보세요. 그 자체만으로도 마음의 힘을 든든하게 얻을 겁니다.

- 아이들과 함께 '우리 가족 훈장 만들기': 우리 가족이 지키고 싶은 약속이나 가치 한 가지를 아이들과 함께 만들어서 벽에 붙여 보세요.

- 나를 위한 회복 카드 만들기: 내가 힘들 때 꺼내볼 수 있는 말, 스스로에게 힘을 주는 문장을 종이에 적어 지갑에 넣어 보세요.
  예 "내가 나를 믿지 않으면, 누가 나를 지지해줄까."

Chapter 9

한 차원 다른 삶의 시선

생존에서 성장으로, 상생의 길

우리는 더불어 살아갑니다. 서로의 숨결이 닿는 곳에서 삶은 버티고, 피어나며, 이어집니다. 단순한 생존을 넘어, 함께 살아남고자 하는 의지가 우리를 상생으로 이끌게 됩니다.

그동안 살아오면서 별의식없이 살아왔는데, 이제는 여러 면에서 살피게 되는 것들이 있더군요. 삶을 이루는 여러 요소나 개념들을 넓게 살펴서 가치관을 제대로 정립해야겠다는 생각이 들어요. 지난 날을 돌아보면, 자신도 모르는 새 부정적인 방향으로 개념을 받아들이거나 그로 인한 편향된 판단으로 인해서 폭넓게 자신을 성장시켜 오지 못한 점이 있겠다는 생각이 드는 겁니다.

저는 어떤 대가를 받는 것에 대해, 셈을 한다는 것 자체에 무의식적인 거부반응이 있었는지 모릅니다. 그리고 '돈'에 대해서도 터부시하는 태도도 있었어요. 지금만 해도 세대가 많이 바뀌어서 이런 인식 태도를 가지는 사람들은 별반 없을 거 같지만요.

저에게 대표적인 게 '거래'이고 '경쟁'입니다. 어떻게 일일이 행위에 대해 셈을 하고 따져서 돈을 받아? 내가 양보하지 굳이 경쟁을 해? 이런 식의 사고방식이 있었던 겁니다. 잘못된 인식 태도가 있었다고 생각해요.

조금은 다른 측면에서 살펴볼 부분도 있습니다. 어떤 이유에서든지 당연한 이치이긴 하나 '경쟁'의 개념도 사실은 "너를 쳐서 내가 이기도록 하는 것"이라고 생각했었어요. 우리 교육이 그랬고, 우리의 사회 풍토가 그랬다고 생각합니다. 그런데 '상대'를 죽이는 것에 대한 이치라기보다는 "나를 혁신한다"는 점에 오히려 무게중심이 있다는 것을 알게 되었어요. 사회적, 자연의 흐름에서 볼 때 '적응'하여 살아남으려는 생존의식에서 전과 달리, 양적이든 질적인 다양한 시도와 도전을 해왔던 것이지요. 부단히 변화하고 개선, 교정하는 '자기 혁신'을 통해서 적응하여 살아남기 되었던 것이지요. 너를 죽이는 게 아니라 나에게서 보다 나은 것들을 만들며 적응에 성공했던 겁니다. 그 가운데에 성장하고 진화하여 온 것이 맞습니다.

이렇듯, 개념들도 그렇고 자연의 이치가 전과 달리 다가오거나 새롭게 인식되는 면들이 있습니다. 그런 점에서, '꽃과 벌'의 관계에서 시사 받는 점이 매우 커서 그것을 함께 나누어 보고 싶군요. 꽃의 수분에 대해, 벌의 역할에 대해 한 번쯤은 들은 바 있을 겁니다. 그것도 벌이 꽃의 수분을 돕

는 역할을 하여 꽃에게 기여를 하는 것으로 알고 있었던 게 큽니다. 그리곤 벌에게서 "기여하는 삶"을 배우기도 했지요.

이번에는 '꽃'에게서 놀라움을 느꼈습니다. '꽃의 전략'을 알게 되면서입니다. 식물을 생각하면 수동적인 위치에 있다고만 생각해왔어요. 그런데 알고 보니 매우 적극적이고 능동적인 생산자로서의 전략을 펴고 있었습니다. 꽃은 식물의 생식기관으로 번식을 담당하는 매우 중요한 기관인 것은 모두 압니다. 제가 놀랐던 지점은 자신의 생존을 위해 꽃이 매우 적극적인 '전략'을 펴고 있다는 사실입니다. 벌이 좋아하는 색깔이 있기에, 꽃은 벌이 자신을 잘 볼 수 있게 색과 향기

로 유인을 해요. 더 나아가 꽃가루가 있는 곳으로 빠르게 올 수 있도록 길의 장치를 합니다. 또 자신이 원하는 종류의 벌이 오도록 특수장치를 해놓는 식의 전략을 펴고 있다는 사실입니다. 정말이지 놀랍지 않습니까?

또 다른 면에서는 '개화시기에 맞추어 꽃의 세포 안에 색소가 고임으로써 각각의 꽃에 특유한 색깔이 만들어진다고 합니다. 자신의 삶의 조건에 맞춰 진화해 온 것이지요. 저도 정원을 계절별로 보다 보니 유난히 계절마다 많이 보이는 색깔이 있는 것을 발견하면서 궁금했거든요. 그게 맞았어요. 봄에는 노란색, 여름에는 흰색, 가을에는 보라색이 많은 게 맞아요. 또 보라색꽃을 피우는 꽃들은 군집을 이루는 경우가 많다고 해요. 대체로 여리고 작은 식물들이 많은데 군집을 이루는 게 벌의 관계에서든 유리하였기에 그 방향으로 적응해온 것이겠지요.

여기서 잠시 한 가지 이야기하고 넘어갈게요. 전에 저는 경쟁의 원리를 상대를 넘어뜨려서 자신을 성공시키는 것으로 인식하였다면, 이제 그 초점을 달리 해야 한다는 것을 말이지요. 물론 경쟁이라는 것이 '수'가 제한되어 있는 사회에서 불가피한 것이지만, 주력해야 할 부분은 변화하는 환경에 '적응'하기 위해 내 자신을 부단히 '혁신'해가야 한다는 점을 강조하게 됩니다. 꽃의 생존 전략에서 볼 수 있듯이 말입니다. 지금의 시대를 살아가며, 또 제2의 생애를 바라보며 절실히 다가오는 부분이 아닐 수 없습니다.

꽃이야말로 자신의 생존과 생식을 위해 매우 주체적이지 않나요? 꽃의 관점에서 보니, 생산자의 위치에서 매우 많은 것을 보여주고 있었습니다. '능동적이고 주체적인 삶의 자세'를 꽃에게서 배우게 되는 거죠. 여러 면에서 성찰이 됩니다. 적극적이고 능동적인 삶과 '전략', 내가 살아남고 성장하기 위해서도 '너'를 위한 이익, '우리'를 위한 이익, '상생의 이익'이란 전략을 써야 한다는 점을 일깨워 줍니다. 놀라웠습니다.

다른 면에서는, 꽃과 벌의 관계입니다. 각각의 위치에서의 역할을 잘 가져가면서 '공생'하고 '상생'하는 모습의 본보기를 보여주고 있다는 점이에요. 서로 다른 종으로서 함께 도움을 주고 받으며 살아가는 모습이지요. 그 기반에는 각기 자신의 위치에서 역할을 충실히 해주어야 한다는 전제가 또한 중요하네요. 꽃은 벌에게 꽃가루와 꿀을 제공하여 단백질과 탄수화물을 보충하게 하여 면역력을 높게 해줌으로써 생존에 이로움을 가져다줍니다. 또 벌은 꽃가루를 묻혀서 꽃들에게 전파하여 널리 번식을 할 수 있게 도와요. 그야말로 꽃이 혼자서는 어려운 일을 벌이 대신 수행해줌으로써 다양한 꽃들에게 퍼뜨려 줍니다. 생물의 다양성을 유지할 수 있게 하고 있어요. 생태계에 공생이란 연결고리로 이어갈 수 있게 작용해 줍니다.

정말 중요한 삶의 지혜를 보여주고 있더요. 자신의 생존을 위해서도 상생, 공생의 관점을 받아들일 때 성공적인 전략을 펼 수 있습니다. 자신을 생존하게 하는 점에서나 성장하게 하는 데에 필수요소입니다. 이 같은 이치를 관계에서도 돌아보며 생각해 볼 수 있겠어요. 상호 어떤 관계로 만들어 가야 할 지 의식하게 합니다. 또 가족에게든, 사업을 하든 직장생활을 하든 유리하고 유익하게 가져가는 원리란 생각이 듭니다. 이 원리를 일상에 들여온다면 우리의 삶과 사회가 한층 밝고 행복해지지 않겠습니까?

자연의 세계는 더없이 훌륭합니다. 자연에서 배울 게 참 많다고 느껴요. 대단한 스승이십니다. 물론 이런 이치를 발견하고 배우는 인간도 무척 대단한 존재이지요. 자신을 어떻게 인식하고 나아가느냐에 따라 삶의 가치도 달라지겠어요. 자연의 일부인 인간으로서 생각해보게 됩니다. 무엇을 돕고자 인간은 그 생태계 질서에서 빠져나와 있을까요? 이러한 '자연'을 회복하는 시각과 인식을 통해서 지혜를 얻으며 가야겠어요.

거래와 기여

삶은 '셈과 나눔의 연속'입니다. 내가 건네는 것과 받는 것, 주고받음의 사이에서 우리는 신뢰와 의미를 발견하게 되지요. 거래는 존재를 교환하는 자리이자, 기여는 삶의 무게를 함께 나누는 연대입니다.

근래 들어서 단어 하나, 개념 하나를 제대로 알려고 찾아보게 되는군요. 삶을 돌아보면서 알게 모르게 '편향성'을 가진다는 걸 느껴서입니다. 생각의 흐름이나 방향, 취사선택하는 경향 등등. 그것이 고집이 될 수 있고, 폐쇄적인 면으로 갈 수 있겠다는 생각이 들었어요. 편협한 세계에 머물수도 있겠다는 성찰이 되는 거지요. 확실히 성찰은 미래를 향해 있고 나아갈 방향에 서 있어요. 앞으로의 삶에서 '젊게 살고

싶기에' 개방적인 사고와 활동, 인식의 넓이와 깊이, 더 자유
로워지고 싶다는 마음의 동기가 있으니 더 성찰이 됩니다.

서두가 길어졌지만 저는 경제개념이 매우 약하답니다. 따지
고 셈을 하는 걸 꺼리다 보니 나의 행위, 나에 대한 가치 인
식도 약할 수 있지요. 또 나와 관련되어 있는 여러 관계와 조
건, 환경이 가지는 가치에도 소홀했다고 생각하였어요. 아
니면 균형을 잃은 셈을 해버린다거나 하겠지요. 나를 무척
손해 보게 하거나, 반대의 경우도 해당하거나 말이지요. 이
제 이런 삶의 방식이나 태도도 점검의 대상이 되어야겠다고
생각하게 됩니다. 그 점에서 경제활동의 근간인 '거래'를 찾
아보게 되고, 거래와 기여의 차이점도 찾아보게 됩니다.

'거래'는 두 사람 이상의 사이에서 물품이나 서비스를 '교환'
하는 행위로써, '상호 간
의 이익'을 추구합니다.
거래가 성립하는 조건에
는 상호 합의, 대가, 신뢰
가 전제되지요. '기여'는
특정 목표에 도달하기 위
해 다른 사람이나 시스템

에 도움이 되는 행위를 하는 겁니다. 이는 자발적 형태를 띤

다고 볼 수 있겠어요. 기여의 조건에는 '의도, 행동, 상호작용'이 있다고 해요.

거래에선 상호이익, 신뢰가 눈에 들어옵니다. 비슷한 조건의 교환이 되지 않겠습니까? 비단 경제활동에서만이 아니라, 일상에 적용할 만하고, 관계에도 적용하여 자신을 성찰하고 더 나은 상호이익의 방향을 모색할 수 있게 하지 않을까요? 상생의 개념이 좀 더 실제적으로 다가오는 면이 있습니다. 나에게 초점을 더 두는 사람이거나, 상대에 더 초점을 더 두는 사람이든지 간에 상호 균형을 이루어야 한다는 점을 각성할 수 있게 하지 않을까요?

사실 꽃과 벌의 관계도 상호이익이 되게 '교환'하고 있다는

점에서 '거래'의 한 모습이라 할 수 있다고 봐요. 거래의 관점에서 삶을 돌아보니 명확해지는 점이 있었어요. 자신의 가치를 인식하여야 하는 점과 상대에게 이익을 주는 방향으로 조건을 만들며 발전시켜가야 한다는 점을 인식하게 되었어요.

여기서 중요하게 짚고 넘어가야 하는 부분은 바로 내가 생각하는 상대가 아니라, 상대의 필요와 원함에서 출발해야 한다는 점이에요. 이 점에서 많은 오류를 범하게 되니까요. 나의 고객이 되어 줄 대상에 대해서든, 원하는 목적이나 목표에 대해서든 더 객관적으로 보게 됩니다. 나에 머물러 생각하지 않아야 함을 알 수 있지요.

주관적인 지표가 아니라 객관적인 지표를 가져가야 할 필요가 있는 거지요. 무엇보다 나를 객관화하는 눈과 태도를 지니게 하네요. '거래'의 관점에서 보게 되니, 상대에게 나를 보다 신뢰롭게 해야 할 조건, 상대가 원하는 바나 필요에 대해 눈이 더 가게 되는 거죠. 주관적이거나 이기적인 모습들에 대해 객관화하는 태도를 가지게 되지 않을까요? 비로소 요즘 마케팅에서 대상의 욕구와 욕망에 주목하라는 말이 더 다가오는군요.

이렇게 생각하다 보니, 내가 나를 대하는 태도나 의식들, 가족이나 지인들에 대한 태도, 사회 생활을 할 때의 시각이나 태도들에 좀 더 '열린 마인드'로 살펴야겠다는 생각이 듭니다. 뿐만 아니라 고객이나 직장에 대한 태도드 다시 살필 수 있겠어요. 거래에 대해 막연하게나마 편향되고 부정적인 생각들이 있었음을 인정하게 됩니다. 이 외에도 많은 것들을 재고해 봐야겠어요.

'거래'는 상호 합의와 교환 조건을 갖추어야 합니다. 반면 '기여'는 보다 자발적인 요소를 가지고 있고, 다른 사람이나 사회에 긍정적인 영향을 주려는 의도를 가지고 있었어요. 또 실제적인 행동과 도움이 되는 결과를 가져와야 한다고도 하고요. 자연스레 상호작용으로 이어지게 하는 요소가 됩니다. 그 결과가 바로 반영되지 않을 수 있으나 길게 호흡해가면 긍정적인 영향과 관계를 형성하게 된다고 해요. 자발적인 요소라 하니 행동하게 되는 데에도 자연스러움이 있을 거 같고요.

또 다른 면으로 거래와 기여를 살펴보았을 때도 유익했어요. 거래와 기여를 각기 사회발전이 나 인간관계에서 볼 때 서로 연결되어 있고, 긍정적인 영향을 미치는 중요한 요소로서 보게 됩니다. 또 두 개념의 균형 잡힌 발전이 개인과 사회에 모두 이익을 가져다 주겠다는 걸 발견하게 되었어요. 중요한 발견이었습니다. 이것을 잘 하고 있는 개인이나 기업들이 성공하겠다는 생각도 들었고요.

거래가 사회나 생태계의 자원을 효율적으로 사용하고 분배를 촉진하는 역할을 하니 전체의 균형잡힌 발전을 기할 수 있고, 기여는 사회적 가치를 창출하며 전체의 발전을 이끌어낼 수 있다고 봅니다. 거래에 대한 인식은 자신과 관계, 기업, 더 나아가 생태계 질서에 '상호이익'적 관점을 촉진하고 결과를 더 기대할 수 있겠어요. 반면 기여는 '정서적 유대감'을 부여하는 역할을 하겠고, 당장 눈에 보이지 않을 수 있으나 장기적인 관계의 유대감이나 신뢰 구축의 기반도 될 수 있겠다고 생각했어요. 기여를 통해서 부분간 거래와 소통 외에 '전체'를 구성하며 전체의 발전 방향을 도모할 수 있겠다 생각도 듭니다.

두 요소가 결합하고 균형을 이룰 때 보다 깊은 신뢰를 구축해갈 수 있고, 실제적인 도움과 함께 정서적 지지와 유대감을 강화하고 '하나의 통일성과 통합성'을 기할 수 있겠어요. 그래서 '전체'의 건강성과 지속성을 가져다 주겠다는 생각을 하게 됩니다. 인간관계에서나 사회발전에서 두 요소가 함께 있을 때 건강하고 따듯하게 하며, 발전가능성을 더 가져올 수 있겠다는 인식을 새롭게 하게 되었어요.

그렇지 못한 관계에서 업무적 거래만 이뤄질 때는 신뢰와 유대감이 부족할 수 있고, 오히려 직무 만족도와 팀워크도 저하될 수도 있겠어요.. 거래에 따르면 효율적일 거 같지만 그렇지 않을 거라 생각이 들었어요. 거래는 이루어지지만 기여가 없는 관계에서는 인간관계가 단편적이고 얕아질 거 같아요.

팀이나 조직의 결속력도 약해질 수도 있지 않을까요? 이익적 관점만 서고 공동의 책임이나 사회적 책임을 함께 하지 않는다면 그 역시 공공의 신뢰가 깨지고 사회적 갈등도 발생할 수 있지 않을까 합니다. 결과적으로는 경제적 기반에도 영향을 줄 수 있겠어요.

거래와 기여란 개념을 살펴보았는데, 많은 것을 사유하게 되었어요. '가족'에 초점을 두어 두 개념을 생각해봐도 여러모로 의미 있겠습니다. 부모세대이며 어른 세대로서 가족이나 직장, 사회적 관계에서 이제는 무조건 주어진 환경과 상황을 그대로 답습하기보다는, 그 안에 담겨야 할 가치가 무엇이면 좋을지, 어떻게 상생과 공생이란 '상호 연결성'을 잇게 할 건가? 와 같은 '가치 발견'의 요소를 가미해가는 우리 세대가 되면 좋겠어요. 존재 인식이라고나 할까요? 이런 방향으로 기여해갈 수 있다면 참 보람과 기쁨이 있겠다는 생각에 미소가 지어지네요.

개념을 찾는 과정을 통해 인식을 새로이 하게 되니 참으로 값진 시간입니다. "진작 알았더라면"하는 식의 성찰을 하게 되어 부끄러워지기도 합니다. 하지만 이내 생각하게 되네요. 이렇게 성찰이 깊어지는 게 바로 우리 나이가 아닐까 하는 생각도 하게 되는군요. 그만큼의 경험과 삶의 결산을 가지며 하는 것이기에 깊은 성찰이 되는 거지요. 그리고 진정한 삶의 가치도 더 깨닫는 게 아닐까요? 이제는 새롭게 살아가는 것만이 남아있네요. 모두 힘내어 봅시다.

지평을 열며 마음그릇도 넓히며

삶이란 결국, 무엇을 담고 살아가는가의 이야기입니다. 물질보다 마음, 속도보다 깊이, 결과보다 과정의 의미를 새기는 삶은 마음그릇 또한 키우게 합니다.

그간의 삶을 돌아보면 돌아볼 새도 없이 무언가에 집중하여 달려온 시간이었다고 생각합니다. 아마 지금도 여전히 그런 상황일 수 있고요. 또 어떤 분들은 번아웃이 되었거나, 외적인 계기로 새롭게 무언가를 해야 할 상황일 수도 있을 거에요. 모든 것은 바라볼 나름이란 생각이 들어요. 이분법적인 시각으로 보면 실패, 혹은 좋지 않거나 바람직하지 않은 것 등등으로 표현하게 될지 모르나 꼭 그런 것만은 아니라

생각합니다. 새로운 기회가 될 수 있고 그런 기회로 삼을 수
도 있지요. 꼭 필요한 것들에 대해 더 늦지 않게 깨달을 수 있
는 시간이란 생각이 들지 않습니까? 어떻게 값진 시간이 되
게 하느냐의 문제이며, 그렇게 해가는 사람들에게 다시 기
회는 열리리라 믿습니다. 내가 생각한 바대로 펼쳐지지 않
을 수 있지만 그것은 채우고 변화시켜야 할 것들이 더 있다
고 생각할 수도 있어요. 중요한 건 오늘의 시간과 마음을 어
떻게 써가야 할까의 문제가 아닐까요?

보다 중요한 태도는, 자신에게서 조금 떨어져서 볼 필요가
있어요. 아니 시선이나 시각을 보다 넓혀서 볼 필요가 있어
요. 이것은 매우 중요한 지점입니다. 늘 보던 대로, 늘 고만한
지평에서 보면 그 세계에 갇혀 있게 됩니다.

시각을 넓혀내고 생각을 달리해 볼 수 있는 기회를 만드는
게 매우 중요하더군요. 간접적으로는 독서를 권합니다. 시
각을 넓혀주면 다른 세계가 있는 것도 보이고, '연결되어 있
는' 다른 세계와 그 관계를 보게 되지요. 그러면 같은 문제를
바라보거나 해결하고자 할 때도 다른 태도로 접근할 수 있
지 않을까요? 늘 조바심내며 코 앞만 바라볼 때와는 다른 시
선으로 말이지요. 제가 때때로 상기하는 문구가 있답니다.
"시선을 멀리 두어라"하는 말입니다. 사람들이 말을 타거나

자전거를 타고 갈 때 시선을 멀리 두게 되면, 말이나 자전거 역시 자연스레 그 곳을 향해서 간다고 해요. 그래야 넘어지지 않고 균형을 가지고 나아갈 수 있어서겠지요. 그러면 따라오는 게 무엇인가요? 마음의 여유도 더 가질 수 있습니다. 생각이 넓어질 수 있고, 해법이 여럿일 수 있음도 배우

게 되니까요. 설령 당장 그 해답이 나오지 않더라도 말입니다. 일종의 수양의 한 방법일 수도 있겠어요.

다른 한 편으론 늘 같은 세계에 머물던 것에서 탈피하여 또 다른 나의 모습들이 튀어나올 수 있도록 '새로운 경험'들을 해보는 겁니다. 무척 새로운 맛을 느끼게 되고 못 보던 나의 여러 면을 볼 수 있게 됩니다. 조금 높은 시선, 넓은 시선, 깊은 사색을 지닐 수 있을 겁니다.

오래 전 일이 되어버렸지만, 저는 운동을 전혀 하지 않던 사람입니다. 그런데 어느 날 건강을 위해 걷기를 진단 받았어요. 일찍 저녁식사를 하고는 한 시간 반을 꼬박 매일 걸었답니다. 우리 동네만이 아니라 다른 곳으로 넓혀가면서 새로

운 주변을 보게 되었어요. 작은 전환인데도 맛이 달라요. 매우 신기하게 기억하는 건 밤하늘입니다. 그저 밤하늘은 새까맣다 생각했어요. 사실은 그렇지 않습니다. 희한하게 밑에 여러 색상을 칠해놓고 겉에 검은 색을 칠한 듯이 보여요. 여러 빛깔들이 함께 담겨 있는 것을 발견하면서 신기했어요. 늘 고정되게 생각하는 것들에서 다른 면을 보게 되는 순간이지요.

또 인상적인 게 제가 제 자신을 극복하려고 경비행기를 배운 적이 있어요. 언제 그런 세계가 있는지 알았겠어요? 아이들에게는 "원대한 꿈을 꿀 수 있도록" 지평을 새롭게 가질 수 있게 하는 취지로 설정한 수업이었지요. 처음으로 지상에서 높이 날아올랐던 거지요. 늘 땅을 밟고 살았던 사람에게 그 세계는 신기루였습니다. 고소공포증을 극복하고 싶었던 사람이니 얼마나 무섭고 두려운 세계였겠어요. 그렇지만 너무도 다른 세계를 보는 영광을 안았지요. 다른 높이에서 보는 세계는 너무 달랐어요. 매우 넓은 세계가 한 눈에 잡히는 거지요. 땅만 바라보며 사는 사람과 그 같은 높이에서 세계를 통찰해 낸다면 얼마나 다를까요? 가슴도 따라 활짝 펴지고 넓어졌습니다. 호흡도 달라집니다. 자신이 경험하지 않은 세계에 자신을 들여놓을 때 보이는 세계가 무척 다르지요.

뿐만 아니라 내면에서 꿈틀대는 자신의 다른 면들을 목도할 수 있게 되고 이해하게 되는 점이 매우 큰 수확이었습니다. 지금의 내가 전부가 아닌 걸 느끼게 되는 순간인 거지요.

새로운 기회를 만들어보세요. 새로운 세계와 자신의 새로운 지점을 느끼고 볼 수 있도록 말입니다. 그 시간 역시 자신이 선택하는 것이겠지만요. 내가 무엇을 갈망하고 있는지, 무엇을 향하고 싶은지와 관련되어 '동기'를 촉발하게 되겠지요. 중요한 건 지금 여기서 시도하지 않으면 또 다른 내일을 볼 수 없다는 점입니다.

사실 조금 다른 길로 갔군요. 진정 하고자 하는 이야기는, 그동안 나와 가족을 부양하고 현실의 문제들을 해결하기에 여념이 없으셨을 거에요. 아니면 공적인 위치에서 사명을 다해오셨겠고요. 이제는 '기여'와 '보람'이 있는 세계로 문을 열어도 좋겠다는 이야기를 하고자 하였습니다. 사람에게는 세상에 자신을 기여하고픈 본능이 있다고 생각합니다. 그리고 거기에서 느끼는 보람과 기쁨도 더 커지겠지요.

중년, 꿈을 재설계하는 시간

어느새 중년이라는 시간의 문턱에 서게 되었습니다. 남은 시간을 새삼 헤아릴 때, 그동안 살아온 열정과 아직 피워내고 싶은 희망이 다시 말을 걸어옵니다. 끝이 아니라 또 다른 시작이 되는 중년은, 삶을 재구성하는 가장 절실하고 인간다운 시간이 아닐까 합니다.

제 나이도 의식하지 못한 채, 그저 늘 푸른 청년일 줄 알았는지 쉼 없이 달리다 쓰러지기도 하고 아프기도 하면서 뒤늦게 자신을 돌아보고 있습니다. 마음의 여백조차 없이 살아왔다면, 이제는 정원 한쪽에 살며시 자기 모습을 드러내고 있는 튤립 잎을 바라보는 시선, 저녁의 노을빛이 때때마다 다르게 펼쳐지는 것을 카메라에 담는 여백… 이런 시간 사이로 삶을 돌아보게 됩니다.

이제는 나의 삶만이 아닌, 우리 중년의 오늘과 내일을 관심 있게 바라보게 되고, 연결되어 있는 가족, 젊은 세대, 사회

로 이어지며 그 연결을 생각하며 그 중심에 우리를 세워 바라보게 됩니다. 처음에는 저의 삶을 돌아보며 내일의 길을 열 수 있게 하자 했는데, 어느덧 책을 쓰게 되고 40대, 50대 중년층을 마음에 담기 시작하면서, 저도 점차 다른 시각으로 내일을 생각하게 됩니다.

처음에는 100세 시대를 어떻게 살아갈까, 무엇을 기반으로 살아갈 수 있을까, 몸은 괜찮으려나, 주변에 폐를 끼치지 말아야 하는데… 이런 생각들을 했습니다. 하지만 지금은 중장년의 우리들을 활발하게 활동할 나이로 인식하게 되고, 우리가 가지는 여러 자산들을 통해서 세대 간을 이어갈 수는 없을까 생각하게 됩니다.

급변화하는 시대에, AI와 기술 혁신이 정신 못 차리게 변화

하는 추세일로에서, 기후변화도 급진전을 하고 있고, 세계조차도 뭐가 뭔지 모를 불안함의 시류에 서 있습니다. '지금 여기서 진정 어떻게 살아야 할까?'가 생존으로 물어지는 때입니다. 이건 비단 우리만의 문제가 아니고 젊은 세대에도 마찬가지겠지요.

하지만 불안한 시대일수록 중심을 잃지 않고 집중하여 하나둘 계획하고 해가며 힘의 축적을 해가는 것이 중요하단 생각이 듭니다. 필요한 것들과 무언가를 해가며 삶의 동기를 찾아가는 과정에서 불안을 에너지로 변하게 할 수 있을 거예요. 두려움이 희망을 낳게 한다는 이야기를 들었던 기억이 있습니다. 처음에는 의아해했지만 맞습니다. 풍요롭고 현재가 만족스러울 때는 최선의 노력과 새로운 것을 모색하지 않을 겁니다. 절실함과 절박함에서 시드와 도전이 생기고 새로움도 낳게 되는 것입니다.

중년에 접어든다는 것은, 어찌 보면 절호의 기회일 수 있다고 봐요. 예전 우리 부모님 세대, 그 이상의 세대와는 시대가 많이 달라져 있지요. 특히 100세 시대라 하는데 중년이란 결코 중년이 아닌 '후기 청년기'라 할 수 있다는 것입니다. 그만큼 활동성 있게 자신의 삶을 찾아 움직이고 있어서라고 생각해요.

'진짜' 원함을 찾고 깊은 성찰과 내일의 길을 모색하고자 하는 절실함이 우리를 젊게 만들지 않을까요? '진정한 생애'와 '진짜 나'로 살아갈 수 있는 기회가 아닐까요? 그동안의 교육과 지식, 다양한 사회 경험, 실패와 성공, 시행착오에서 오는 지혜, 좀 더 넓어지고 달라진 자신의 위치와 역할 속에서 '성장'을 위한 성찰과 변화를 모색할 수 있는 때라는 생각이 들어요.

성공이든 실패이든 어느 한 부분에 착목하여 일희일비할 필요는 없는 것 같거든요. 결코 인생에 완성이란 없기 때문입니다. 삶의 길을 보면 나 선형적인 성장을 하는 것 같아요. 때론 퇴보인 듯 보여도 계속 길을 가다 보면 어느 지점에선가 도약하기도 하고, 실제 실패했다 생각하며 원인을 잘

분석하고 해석하여 활용해가면 다른 내일을 만들어낼 수 있습니다.

삶을 성찰하다 보면 자신과 만나집니다. 나로 인한 결과가 아닌 듯하여도 잘 살펴보며 깊이 있게 성찰을 해가면 모든

것의 원인에는 '과거에서 현재까지의 나'와 결부되어 있다고 보게 되더군요. 온전한 주체, 자주적인 존재, 자기 삶을 경영하는 존재. 그런 입장에 섰다면 삶의 순간순간에 매우 치열하게 노력하였을 거라 생각이 들었어요.

그렇기에 나의 꿈과 희망, 원함을 다시 찾아보자는 이야기를 하고 싶습니다. 자신의 지난날을 돌아보며 나다움을 발견할 수도 있겠고, 막연히 생각하는 게 아니라 '해보는' 실천과 경험들에서 미처 몰랐던 또 다른 나, 새로운 나를 발견하게 될 수도 있겠어요.

'내가 진정 원하는 삶이 무엇이지? 내가 무엇을 할 때 지치지 않고 지속하며 더 나은 성장과 발전을 하려 할까? 열정과 몰입이 어디에서 나올까?' 하는 자신과의 대화를 하면서 발견하길 바랍니다. 앞으로의 삶의 여정이 참으로 길고 넓습니다.

크고 거창하지 않아도 됩니다. 중요한 건, 내면의 나의 마음에서 반응하고 있냐는 것이지요. 그때 열정이 솟아나고 지속해갈 수 있어요. 그 마음을 '선택'하여 '해가는' 게 중요하겠지요. 그러면서 마음도 확장되고 새로운 세계를 보게 될 거예요.

저는 큰 전환을 이룰 시기에는 제일 먼저 운동을 했어요. 두세 시간씩이요. 체력이 약한 면도 있었고 무엇보다 에너지를 만들어야 하니까요. 체력을 기르는 건 에너지의 기반이 되는 거고요. 그리곤 내일을 향한 마음과 정신을 장착했어요.

몸의 근육뿐만 아니라, 마음의 근육, 정신의 근육을 힘써 키워가야 현실의 추진력을 가지게 됩니다. 마음에서 무언가를 되뇌이기만 해서 현실을 변화시킬 수 없고, 낙관적으로만 생각해서 현실의 힘을 키울 수도 없답니다. 그러나 언제든 늦지 않아요. 그러한 내면의 일깨움과 의지가 있다면 오늘이 바로 시작할 때랍니다.

자기 재산을 분석해보는 것도 좋겠어요. 자원, 자산, 자본이란 개념을 나의 지표 분석에 대입해보면 유익합니다. 자원에는 인적 자원(지식, 기술, 경험, 건강), 시간 자원, 관계 자원(가족, 친구, 멘토, 인맥), 심리적 자원(회복탄력성, 긍정성, 창의성) 등이 있습니다.

자산에는 금융 자산, 지적 자산(교육, 자격증, 아이디어), 평판 자산(인격, 품격, 신뢰도), 문화 자산(가치관, 전통, 문화적 정체성) 등이 포함됩니다. 이런 자기 결산을 해보면서, 앞으로의 꿈의 실현을 위해 어떻게 역량을 채우고 발휘해갈지를 본다면 실제적인 힘을 만들어갈 수 있을 겁니다.

중년이라는 시간은 단순히 나이가 들어가는 과정이 아니라, 자신을 재발견하고 새로운 가능성을 열어가는 창조적 시간입니다. 어제의 나를 전부 부정할 필요는 없습니다. 분명하게 씨를 뿌리고 땀을 흘렸던 부분들이 있었기에, 그것이 다시 쓰이거나 새로운 시점에 맞춰 재정렬을 하거나 가공을 하면 됩니다. 지금 여기서 필요한 부분에 맞춰 미진하고 필요한 능력과 실력을 갖춰가면 되는 거고요.

자문하는 철학적 물음

- '꽃과 벌'의 관계와 그 영향을 살펴보며 자연의 이치를 한 번 생각해 보는 시간 가져 보세요. 자연에서 배울 점들을 생각해 보는 시간으로요. '인간은 자연인가?' 하는 물음도 해보세요.

- '거래'와 '기여'의 개념을 정리해 보며, 여러분은 어떤 인식과 태도를 지니는지 돌아보는 시간을 가져 보세요. 가족과 여러 관계에서 나는 어떻게 살아왔는지도 점검해 보세요.

- 중장년의 세대로서, 주어진 것을 답습하지 말고, 어떤 '가치'를 담아서 발전해 가면 좋을 지 숙고해 보는 시간도 가져 보세요.

일상의 작은 실천

- 나는 나 자신에게, 가족(부부 간에, 자녀에게 ‥), 팀이나 조직에서 ‘거래와 기여’의 면에서 어떤 태도를 지니는지 점검하는 시간을 가져 보세요.

- 나의 자원, 자산, 자본이란 기준에서 현좌표를 점검해 보는 시간은 어떠세요? 어디에 치중해 있고 무엇을 더 갖춰가야 할지 살펴 봐도 좋습니다(다른 기준을 세워 보아도 좋습니다).

- 나는 앞으로의 생애에서 기여의 기회를 만든다면, 어떤 분야로 해 가고 싶은지 한번 생각해 봐도 좋겠습니다.

Chapter 10

성장 마인드셋으로 여는 미래

시각의 전환
시련과 역경, 성장의 디딤돌로

시련은 꺾이지 않는 뿌리의 힘이 되고, 역경은 더 넓은 시야로 이끌어주는 사다리가 됩니다. 이것은 단순한 위안의 말이 아니라, 생명체가 성장하는 근본적인 메커니즘에 대한 깊은 통찰입니다. 고난을 통해서 피어나는 지혜, 변화와 성장을 위한 시간에 대해 생각해보려 합니다.

우리는 몇 번은 겪어본 적이 있을 겁니다. 운동을 격렬하게 해서 여기저기 몸이 아프고 몸살을 앓는 경험 말입니다. 그 순간에는 도저히 견딜 수 없을 것 같지만, 그것을 견디고 지속하다 보면 변화를 보이는 내 몸 상태를 확인하게 되지요. 이런 경험은 우리에게 중요한 진실을 가르쳐줍니다.

'임계치'라는 개념을 통해 이 현상을 이해해볼 수 있습니다. 어떤 물리적 현상이 다르게 나타나는 경계의 값이 임계치입

니다. 근육이나 뼈의 발달을 위해서는 일상적으로 받는 자극보다 더 강한 부하가 필요하다고 합니다. 운동생리학의 '과부하 원리'에 따르면, 근육을 키우려면 이전에 그 근육이 적응한 수준보다 높은 수준의 스트레스를 가해야 한다고 하지요.

이것은 참으로 의미심장한 원리입니다. 충분한 강도의 운동 자극이 주어지면 근육 섬유에 미세한 손상이 가고, 이후 회복 과정에서 근섬유가 더 강하고 크게 재구성되어 근력과 근비대가 촉진된다는 것입니다. 손상이 성장의 전제조건이 되는 역설적 구조, 이것이야말로 생명의 신비로운 메커니즘이 아닐까 싶어요.

다시 말해 작은 변화에는 유지 상태를 지키다가도, 특정 한계점을 넘는 자극을 받고 이를 넘어설 때 비로소 새로운 반응과 성장의 과정이 시작된다는 것입니다. 뇌도 그 임계점

을 넘는 풍부한 자극과 경험이 주어질 떠 비로소 새로운 학습과 적응을 이루게 된다고 합니다.

그러니까 안정적 상태에서는 변화나 성장을 이루기 어렵다는 이야기겠지요. 이것은 우리 삶에 대한 근본적인 통찰을 제공합니다. 평온함과 안락함만으로는 진정한 성장이 일어나지 않는다는 것, 어떤 의미에서는 불편함과 도전이야말로 성장의 필수 조건이라는 것입니다.

그렇다면 특정 한계점을 넘는 높은 수준의 자극을 인간 삶의 맥락에서 생각해보면, '역경과 시련'에 비유해볼 수 있지 않을까요? 자연에서 시련이나 역경은 먹이 부족, 기후 변화, 천적의 위협 등 여러 형태로 나타나고, 그런 어려움 속에서 살아남은 개체들의 특성이 후대에 이어져 종의 특성으로 변화해왔다고 합니다.

이런 관점에서 보면, 시련과 역경이야말로 진화의 촉매라는 의미가 됩니다. 어려운 환경은 생물로 하여금 새로운 적응 형질이나 행동을 개발하게 밀어붙이는 힘이 되는 것입니다. 이것은 단순히 생물학적 현상에 그치지 않고, 인간의 정신적, 영적 성장에도 똑같이 적용되는 보편적 원리라고 생각합니다. 우리가 부정적으로 보기 쉬운 시련과 역경이야말로 생애에 있어서 진화의 촉매라는 의미가 되며, 일정 수준을 넘는 임계치로 느껴지는 통증이나 고통, 어려운 여건은 우리가 성장하는 삶에 필수적인 조건이 될 수 있어요.

먼저 긍정적으로 받아들이는 시각의 전환이 필요합니다. 다양한 측면으로 겪게 되는 '고통'을 부정적인 산물로만 인식하는 경향이 있는데, 이런 점에서부터 다른 관점을 가져 보면 어떨까요? 늘상 평온하고 안정적이며 긍정적인 마인드만 행복하고 바람직한 것으로 여기지 말자는 것입니다.

평소와 다른 시련과 역경을 성장을 위한 '과정'으로 인식하여 '수용하는 자세'가 먼저 필요하다고 생각합니다. 좋은 것과 나쁜 것이란 이분법적 인식을 넘어서는 것이지요. 그러면 그런 환경이나 상황을 배척하지 않고 스스로를 격려하고 감싸 안으며 갈 수 있지 않을까요? 다른 사람들에게 가지는 태도 또한 그렇고요. 이것은 무척 중요한 삶의 태도라고 생각합니다.

한 가지 더 이야기하고 싶은 것이 있어요. 이 세상을 고통의 바다라고 비유하기도 하지요. 그러나 어찌 보면 이 세상에 온 이유가 나란 구체적인 실체를 가진 존재르 살아가면서 여러 기회를 통해 성장해갈 수 있는 시간이라고 말할 수 있지 않을까요? 이곳은 무엇이든 시도하고 도전하며 그 모습을 볼 수 있는 장입니다. 다양한 부침으로 쓰러지고 일어서는 가운데에 자신의 여러 모습을 보게 되며 변화와 성장을 맛볼 수 있는 곳입니다. 이런 삶의 현상과 과정 자체야말로 의미 있고 값진 것이 아닐까 하는 생각을 해봅니다.

삶을 어떻게 정의하느냐, 세상을 어떻게 바라보는가는 중요하며 다른 삶의 자세를 가지게 한다고 봅니다. 일종의 철학이겠지요. 이 세상을 고통이라 여겨 피안의 세계를 바라보는 것이 아니라, 의미 있게 이 세상의 삶을 긍정적으로 바라보며 살리며 헤쳐가는 것은 전혀 다른 삶의 자세를 가지게 할 것 같거든요.

그러니 시련과 역경은 우리를 파괴하려는 적이 아니라, 우리를 더 강하고 지혜로운 존재로 만들어주는 엄격한 스승과 같은 것이라 생각해요. 그 스승의 가르침을 제대로 받아들일 때, 우리는 비로소 자신도 몰랐던 내적 힘과 가능성을 발견하게 되는 것이 아닐까 합니다.

물론 쉬운 경험이나 시간은 절대로 아닙니다. 그럼에도 불구하고 살아온 세월의 시간을 들춰보면, 경험적으로도 맞다고 보아요. 너무도 벅차고 어떻게 내딛어갈 지조차 보이지 않아 흔들리기도 하고, 그 무게나 밀도가 너무도 커서 견디기 힘든 게 맞아요. 그런데다 그런 시간에는 모든 게 복합적으로 한데 몰려오는 경향들도 있으며, 경험 밖의 새로운 지점들에 서있는 듯하지요. 막막함과 걷잡을 수 없는 요동, 흔들림이 있기도 하고요. "더 이상 갈 수 없을 것만 같은 심정", '몸으로 겪는 무게' 등 이루 헤아릴 수 없지요. 몸과 마음, 정신, 상황 모든 것에 도전이 되는 듯하지요. 그렇지만 돌아보면 알겠어요. 지지부진하거나 별 변화없는 평탄한 길을 걸을 때와 매우 다른 삶의 맛을 느껴요. 보람이겠지요. 그런 시련과 역경이란 게 주어진 피동적인 것일 수도 있지만, 이 또한 '나의 선택'이란 긴 터널 위에 있는 거 같아요. 그 선택이나 경험의 원인과 이유를 살펴보면서, 능동적인 나의 것으로 만드는 게 필요한 거 같습니다. 아니면 새 길을 만들어 우회할 수도 있고요. 이 역시 선택이고 또 다른 시련과 역경이 될 수 있지요.

다만 시련과 역경이 나의 성장의 동력이 되려면 훨씬 '능동적이고 의미있는 바'로 만들 수 있어야겠어요. 그렇지 않으면 거기에 묶이는 수동적인 존재로 부정적 실체를 만들게 되는 거 같거든요. 따라서 시련과 역경을 바라보는 '시각'의 문제와 함께 "나의 삶의 여정으로 능동적으로 받아들일 또렷한 비전이나 목적, 목표가 있어야 하지요. 그러면 다른 사람들의 시선은 다양할 수는 있으나, 자신에게는 의미있는 여정이 되는 것이지요.

이러한 시련과 역경의 길을 다시 걸을 수 있는 데에는 성공 경험이 있으면 좋겠고, 실패의 경험이라 하더라도 그 안에 내재한 소중한 것을 발견하고 재차 일어서는 힘을 갖출 때는 또한 달라지리라 생각합니다. 어찌되었든, 한 획을 긋는 성장에는 불가피한 과정이 아니겠나 싶습니다.

제한 없는 선택으로
발전적인 미래로

미래는 정해진 길이 아닙니다. 선택의 연속이고, 깨어있는 의지의 산물입니다. 우리가 상상하고 결단하는 만큼 미래는 열립니다.

우리 자신을 한계 짓지 말고 '미래를 향해 선택하자'는 이야기를 하고 싶어요. 자신의 생애를 늘 있는 자리, 나의 기존 모습 그대로 유지하며 안정된 수준으로 가고자 할 건가? 아니면 다가오는 조건들에 능동적으로 대처해갈 건가? 혹은 조건을 만들며 갈 것인가? 이런 식의 새로운 변화와 성장 가능성의 시간을 흡수하며 갈 건가의 태도가 있다고 봅니다.

이 역시 '선택'이라고 생각합니다. 아니 그 이전에 내 안에 있는 못난 생각들, 한계 짓는 의식들부터 분리해내야 하지 않을까요? "이미 이렇게 삶의 조건을 정했는데, 달리 어떻게 하겠어?" "내 상황이나 처지에서 달리 무엇을 바라겠어?" 혹은 "내 나이 이미 늙었는데 무엇을 하려고 할 수 있겠어?' "몸도 머리도 다 늙었는데?"식의 생각에 사로잡혀 있지는 않을까? 하는 염려가 생깁니다. 누구나 이런 생각들을 해보지 않았을까요? 저 역시 그 시간의 굴레에 있어 봤고요. 그 시간이 길거나 익숙할 때는 나의 새로운 모습이나 경험해보지 못한 새로운 세계를 열지 못하는 것이겠지요. 결국 '의식의 문제'란 생각이 듭니다.

지난 세월을 돌아보더라도 분명한 의지와 방향을 세우면, 그에 따라 '조건'은 재편성되거나 의외로 '함께' 변화와 성장의 기회를 만들게 될 수도 있답니다. 물론 그것을 수행할 만한 자신의 에너지 수준이 있겠지요. 설령 에너지가 모자랐고 지혜도 부족했다면 피드백의 내용을 살펴서 다시 하면 됩니다. 어떻게 단숨에 결과가 있겠는지요? 생명이 자신의 태를 벗고 새롭게 진화하는 데에는 얼마나 많은 시행착오가 있었을까 생각하면 납득이 됩니다. 진보와 진화가 어느 한 날 뚝하며 떨어지는 게 아닐진대, 과정에서 이미 변화의 면면들은 있다고 봅니다. 그렇기에 이분법적 사고로 접근하지 말아야겠어요.

또 다른 면으로 접근해 본다면, 우리 인체의 본능적 시스템을 지각하여 '조절'하며 가면 되겠다는 생각이 듭니다. 우리의 인체는 갑작스러운 위협에 직면하면 아드레날린과 코르티솔 같은 스트레스 호르몬이 분비되고 심박수와 혈압이 상승하며, 온몸에 에너지가 공급되어 싸우거나 도망칠  준비를 갖추게 된다고 해요. 이러한 생리적 반응은 인류 조상이 포식자나 급박한 위험에서 살아남도록 해준 본능적 시스템이며, 일정 수준의 스트레스 자극이 주어질 때 자동으로 활성화된다고 합니다. 우리에게 주어진 본능을 살려서 시도나 도전의 '수위'를 조절하며 가면 되겠다는 생각도 드는 거에요.. 싸울 수도 있고 도망칠 수도 있는 에너지라고 하지 않습니까? 이 역시 선택이란 걸 알겠어요.

저 같은 경우는 분명히 신호가 오는데도 무시하고 몰아쳐 가곤 하여 몸과 마음에 크게 문제가 되었지요. 혹은 신호가

오는 데도 자신을 억압하는 의식이나 생각으로 무감각해지기도 하고요. 이제 스트레스란 신호체계를 잘 살펴서 '수위 조절'을 하며 잘 대처해간다면 가능하겠다 생각이 들어요. 적당한 긴장과 자극은 집중력과 추진력을 높여준다고 하며, 스트레스 강도가 어떤 임계치를 넘어서 과도해지면 오히려 기능이 저하된다고 하니, 이 또한 감지할 수 있겠어요. 그렇기에 자신을 진심으로 존중하고 사랑하는 바를 길러가면 감각이 살아있어 신호 또한 잘 살펴서 갈 수 있을 거라 믿어요.

수행능력과 상관성이 있다고 하니, 이 역시 경험을 해보면서 지혜롭게 대처해가야겠다 생각이 듭니다. 여기서 '지혜롭게'가 또 하나의 중요한 장치이겠지만, 이것은 경험이나 피드백 없이 형성되는 건 아니라고 생각합니다. 지식이 지혜로 바뀌는 조건 아니겠는지요? 어찌 보면 성장의 내면에는 지혜를 더하는 과정이 함께 있다 생각이 들고, 인생의 과정에서 순탄하지 않은 여정, 시행착오나 실패의 난관없이 성장은 따라오지 않겠다는 생각이 다시 듭니다.

평생 배움과 성장으로
희망찬 내일로

배우는 존재만이 살아있습니다. 지식을 넘어서 삶을 묻고, 이해하려는 태도 속에 내일이 살아납니다. 배움은 존재들 속에서 얻는 것이며, 성장을 위한 필수 조건입니다.

우리의 생애에서 평생 배움과 성장 노력은 멈출 수 없다는 생각이 듭니다. 그건 바로 역설적이게도 생존과 유지랑 연결된다고 봅니다. 우리가 20대 청춘으로 돌아갈 수는 없겠지만, 젊어지려는 노력 속에서 현재를 유지할 수 있겠어요. 이건 자신이 가진 몸과 마음, 정신, 이상의 유지이기도 하겠고, 급변하는 외적 상황에서 살아남기 위한 조건인 까닭이기도 해요. 젊은 시절에는 많은 호기를 부리며 살 수 있었겠지만, 중장년의 나이에 들어서 보면, 현상을 유지하거나 조금 나아가는 것도 쉽지 않다는 생각이 드는 거지요. 그러니 더 나아가려는 노력이 수반될 때 늙거나 퇴보하지 않고 '유지'할 수 있다는 이야기가 되겠어요.

그렇기에, 적정 수준의 도전은 개인의 잠재 능력을 끌어올리는 자극제가 된다고 하니 우리에게 필수적인 요소라 해야 하지 않을까요? 인간의 몸과 마음은 적절한 범위의 시련에 직면할 때 '방어기제와 학습 기제'를 가동하여 역경을 극복하고, 그 결과 더욱 강인해지도록 진화해온 것이라 합니다.

중장년의 나이에 든 우리가 가진 잇점이 무엇인지 아십니까? 그간의 삶의 경험과 지식, 그것들이 어우러져서 생기는 '지혜로울 조건'을 많이 가지고 있다는 점입니다. 기억력은 감퇴하나 사고력은 증가하는 나이일 수 있음을 명심하자고요. 다만, 이런 점들을 더욱 승화하며 성장해가려면 몸과 마음에 오는 통증을 두려워하지 말고 마음 열어 반기는 태도, 태도가 행동과 실천이 되도록 오늘을 게으르지 않게 쌓아가야겠습니다. 또 배움과 시도, 도전이 있는 방향으로 선택하며 가야겠어요. 이 점들을 마음에 새겨야겠습니다.

40, 50대라면 자신이 위치한 바를 객관적으로 인식하며 더욱 성숙한 사람으로 일깨워 가세요. 새로움을 향한 배움, 시도와 도전으로 다양한 관계를 아우르며 가실 수 있기를 바랍니다. 시도와 도전, 시련과 역경을 긍정적으로 받아들이며 수행해 갈 때, 그릇의 크기가 달라지는 것을 볼 수 있어요. 마음의 크기, 사고의 크기 등이요. 다만, 그 경험에서 오는 실패나 시행착오까지 포함하여 어떤 태도로 그 경험을 해석하느냐가 중요하겠지만요.

부모님을 부양해야 하는 책임부터 자녀들의 성장에 따른 또 다른 고민, 직장에서의 위치 변화 혹은 정리 등으로 혼란스럽기도 한 시기, 아니면 사회적 안정을 구가하는 듯해도 한편에 생각되는 나와 삶에 대한 새로운 물음들이 한층 더해지는 나이일 겁니다. 그렇기에 더욱 삶에 대한 확장된 시각, 새로움과 도전에 대한 용기, 시련과 역경에 대한 다른 관점이 더욱 요구되는 시기란 생각이 듭니다. 돌아보면 그렇게 살았던 시기, 매우 열심히 뛰며 보람을 느끼던 때가 떠오릅니다. 하지만 역경과 시련, 내적인 힘듦을 딛고 나가지 못한 때도 있어서인지 그에 대한 후회와 성찰에서 여러분에게 더 기원을 담게 됩니다. 그런 점에서도 '회복탄력성'을 가질 수 있게 평소 자신을 여러모로 단련하며 지혜를 쌓아가시길 바라게 됩니다.

김형석 교수는 인생의 황금기를 60세~75세로 보셨더군요. 황금기란 '행복하고 보람있으며 알찬'의 의미를 두셨고요. 맞는 말씀 같아요. 인생을 어느 정도 겪고 나니 '참된 것'과 '값진 것'들에 대한 어느 정도의 깨달음이 있을 수 있으니, 보람되고 알차게 채워갈 수 있겠다는 생각이 듭니다. 조심스럽게 말이지요. 그리고 무엇보다 중요한 말씀인 게, 60세면 다른 사람을 따라가거나 믿고 사는 게 아니라, "내가 나를 믿을 수 있는 나이"라고 하셨어요. 나아가 어른이 될 자격을 갖추고 존경받을 만한 인격을 갖추게 되는 나이로서도 60세를 기준 삼으셨어요.

이 나이에 접어들었거나 아직 향해 가고 있는 분들이라면 모두 이 기준점을 근거 삼아 자신을 돌아보거나 앞으로 나아가면 좋겠습니다. 아니면 그 이상의 경우도 자신을 더 일으켜 배움과 인격을 갖춰가는 데에 노력을 아끼지 말자 하면 되겠고요.

성장 마인드셋으로 성장하는 내일을

성장은 단지 결과가 아니라 '어떻게 바라보는가'의 문제입니다. 마음의 문을 여는 순간, 삶은 전혀 다른 내일로 향합니다

앞에서 시각의 전환과 태도를 달리하기, 다양한 경험과 도전, 시련과 역경을 통한 배움과 성장이 있는 방향으로 선택하며 가자고 했지요? 이제는 그것을 우한 '성장 마인드셋(growth mindset)'에 대한 이야기를 해보도록 해요.

성장 마인드셋을 지닌 사람들은 실패와 실수를 두려워하기보다는 성장의 과정으로 받아들이고, 노력하면 실력을 향상시킬 수 있다고 믿기 때문에 어려운 과제에도 도전하는 태도를 보인다고 해요. 도전을 통해서 자신의 능력 범위를 확장해나간다고 보는 거죠. 그래서 성장 마인드셋을 지닌 사람에게 시련은 극복해가야 할 장애물이 아니라 자기계발을 위한 필요한 단계로 인식한다는 거지요.

반면에, 고정 마인드셋(fixed mindset)을 지닌 사람들은 자신의 능력이 고정불변하다고 여기기 때문에 도전에 직면하면 실패를 무능력의 증거로 받아들이고 회피하려는 경향이 있다고 합니다. 많은 부분 의식이나 태도를 변화시켜야 함을 알려줍니다. 그런 의식에 갇혀있지 말라고요.

교육학적 관점에서 성장 마인드셋은 "노력과 연습을 통해 지능이나 재능 같은 기본 능력을 향상시킬 수 있다"는 '믿음'으로 정의합니다. 여기서 임계치를 경험하게 하는 교육을 중요하게 여기는 거고, 이것을 통해 '성장 마인드셋'을 기를 수 있다고 보는 거에요.

이 때 중요하게 보는 게 비고츠키의 '근접발달영역(Zone of Proximal Development, ZPD)'이라는 건데요, 학습자가 스스로 할 수 있는 수준(현재 발달 수준)을 넘어서 도움을 받아서 할 수 있는 수준으로 '난이도의 도전'을 하게 한다는 거에요. 약간 버거운 도전을 주고 노력하고 극복하는 과정에서 학생은 자신의 능력을 한 단계 높이게 되는 거죠. 자신만의 임계치를

넘어서면 어느 순간 이해와 실력의 비약적 향상이 나타난다
고 합니다. 학습상의 임계점 돌파 경험은 학생에게 큰 성취
감을 주고 다음 도전에 나설 자신감을 형성해 주죠. 또 실패
와 재도전 역시 교육적으로 매우 중요한 의미를 가져서 능
력 부족에 대한 낙인으로 여기지 않고, 실패를 통해 전략을
바꾸거나 더 노력하면 된다고 여기는 마인드와 관점을 가져
가는 것인데, 이것이 바로 성장 마인드셋이라는 것이지요.

이와 같은 점은 우리 학교에서도 비슷하게 접근하였고, 그
결과들을 목도하곤 하였어요. 프로젝트 형태로 많이 부여
합니다. 일정한 목표를 정하는 데에 있어서 난이도가 있게
편성을 하고, 개별마다의 수준이나 성장도를 보며 개별 수
준을 조절하게 되는 거지요. 또는 개별적으로 그런 접근을
하고 결과를 보는 경우도 많지요. 개별마다의 고유한 특성
과 성장 경로를 가지기에 그 점을 감안하면서, 그에 따라 절
대평가로서 보아요. 그러면 더 할 수 있었던 아이가 그만큼
의 성과를 보이지 않았으면 그것까지 고려하여 평가를 하게
되는 거지요. 물론 학생이 내적으로 흔들리지 않고 더 갈 수
있겠다는 판단을 전제하고서, 'F'를 줄 때도 있었어요. 그 때
그 계기를 타고 한 학생은 짧은 기간인데도 준비하여 그 전
과 판이하게 다른 성과를 보여주었고, 이어서 또 한차례 '재

작성'토록 하였을 때는, 창의적인 아이디어를 발표했던 기억이 납니다. 이 아이는 '승부욕'까지 있어서 의지를 불태웠던 거지요. 또 한 학생은 오랜 시간 내적으로 자신감이 없는 시기를 넘고 있었어요. 성장동기나 의지는 강한 학생이었기에, 여러 이유를 들어 'F'를 주어 다시 발표하도록 했어요. 무척 어려웠을 테지만, 그 계기를 통해 고질적이었던 지점을 넘었던 기억이 납니다. 혼자서는 도전할 수 없었을지 모르나, 여러 선생님들의 판단으로 난이도 도전을 하게 한 것이지요. 이런 판단과 조력을 부모와 교사 (자람도우미), 주변에서 해줄 수 있다면 소중한 성장의 기회를 가지게 될 겁니다. 이런 위치에 있는 분들의 '시의적절한 판단과 방법' 또한 매우 필요하고 중요하다는 것도 이야기하고 싶어요.

시도와 도전 속에 임계치를 넘는 도전과 노력으로

인간의 뇌는 고정된 것이 아닙니다. 도전하고 배우는 만큼, 더 탄력 있고 깊어집니다. 새로운 연결이 만들어지는 곳에 가능성은 움트고, 뇌는 다시 성장합니다.

과거에는 성인이 되면 뇌의 구조와 기능이 고정된다고 여겨졌으나, 현대 연구는 뇌가 평생에 걸쳐 변화하고 적응할 수 있음을 밝혀냈습니다. 이는 새로운 기술 습득, 학습, 기억 형성 등의 과정에서 신경가소성이 핵심 역할을 한다고 볼 수 있다고 합니다.

'신경가소성(neuroplasticity)'은 인간의 두뇌가 어려움을 통해 성장할 수 있음을 보여주는 생물학적 개념이라고 해요. 신경가소성이란 새로운 신경 회로의 형성, 기존 회로의 재구성 등을 통해서 이루어진다고 합니다. 특정 기술을 학습하거나 새로운 경험을 할 때 시냅스 연결이 강해지고 필요 없는 연결은 가지치기되며, 심지어 새로은 신경 경로도 형성될 수 있다는 겁니다. 여기서도 뇌가 새로운 자극이나 경험을 통해 변화를 일으키기 위해서는 일정 수준 이상의 자극이 필요하다고 하네요. 이 점에서 또한 임계치를 넘는 도전과 학습, 노력이 중요해지는 겁니다.

신경가소성과 임계치의 개념은 중년기 이후에도 지속적인 학습과 도전을 통해 뇌의 변화를 이끌어낼 수 있음을 시사합니다. 충분히 개인의 성장과 삶을 풍요롭게 만들어갈 수 있는 조건이되는 것이지요. 그렇기에, 배움과 새로움을 향한 도전과 노력들을 꾸준히 해간다면, 건강함을 유지하며 삶의 다양한 기회를 열어갈 수 있다는 점을 상기합시다.

작은 시작들이 모여
큰 도약점이 되게

작은 시도는 미미해 보이지만, 반복하고 연결되면 큰 도약의 발판이 됩니다. 위대한 여정도 늘 한 걸음에서 시작되었습니다.

중년의 시기에는 예전보다 신진대사가 느려지고 체력이 떨어지며, 잔병치레나 만성질환 위험이 높아질 수 있는 시기이지요. 주위에는 부모님의 노환이나 자녀들의 성장과 독립 등 현실적인 도전들이 찾아오고요. 한편으로는 인생의 반환점을 돌면서 "이대로 괜찮은가" 하는 내적 성찰과 함께 심리적으로 불안정해지기 쉽기도 하고요. 실제로 행복감은 중년에 최저점을 찍는 경향이 있다는 보고도 있어 흔히 "중년의 위기"라는 말도 있는 거겠지요.

하지만 이 중년기는 새로운 시작점이 될 수 있습니다. 앞으로의 삶을 더 의미 있게 설계할 수 있는 생애 전환점이기 때문이지요. 이를 위해 필요한 것은 변화를 두려워하지 않고 받아들이는 자세이며, 충분히 그럴 만한 이치로서 신경가소성이나 임계치 돌파에 대한 것이 있지 않습니까?

또, "큰 성취는 모두 작은 시작에서 온다." 아주 작은 개선이라도 꾸준히 쌓이면 반드시 임계치 돌파의 힘이 되어 그 순간을 맞을 겁니다. 그 동안의 노력은 결코 낭비된 것이 아니라, 단지 저장되어 있었을 뿐으로 도약의 지점으로 나타나겠지요.

그래서 꾸준한 개선, 성장 노력과 임계치 돌파의 경험들은 실제적으로 많은 변화를 증거해주게 될 겁니다. 뇌 건강 측면에서는 어려웠던 과제가 쉬워지면서 자신감과 기억력이 향상되고, 더 복잡한 것에도 도전할 수 있는 기반이 마련되겠지요. 정서적 성장 측면에서는 한계를 극복했다는 성취감이 쌓여 자존감이 높아지고 새로운 변화에 두려움이 줄어들며 다시금 해낼 수 있는 기반이 되겠고요. 또는 직장생활에서는 막혀 있던 난제를 해결하거나 자격증 취득 등 커

리어의 임계치를 돌파한 경우에는 업무 만족도와 전문성이 한 단계 업(up)되면서 이는 직업적 성장으로 이어질 수 있겠어요. 또 설령 실패했을 때도 재도전의 힘, 또 새 길을 찾는 데에도 회복탄력성이 높아지며 단단히 열어갈 수 있는 힘이 될 겁니다. 신체적 도전에서도 처음 운동을 시작할 때가 힘든 거지 임계치를 넘으면 여러 건강지표가 개선되고 몸에 대한 자신감도 한층 커지겠지요?

결국 작은 도전들과 다양한 경험들 그리고 작은 성취 경험들이 모여 임계치를 돌파하게 될 거고, 그것은 본격적으로 시작되는 성장의 순간이며, 이러한 순간을 맛본 사람은 더 큰 도전에 나설 용기와 추진력을 얻게 되겠지요. 이러한 과정들에서 '회복탄력성' 또한 증가하겠지요. 어려움이나  실패를 겪고도 다시 일어설 수 있는 마음의 힘인데, 이 또한 단단하게 키워갈 수 있겠지요. 급변하는 객관적인 현실, 내일을 예측할 수 없는 매우 많은 변수와 불안의식, 지금 당장 나의 삶에 대한 의문과 내적 성찰이 깊어지는 때입니다. 이

럴 때일수록 바탕과 뿌리를 흔들리지 않게 튼실하게 다지며 지속하는 게 매우 중요합니다.

이런 실제적 증거들을 보기에 더 강조할 수 있게 됩니다. 저도 그런 경험에서 내일을 위한 다짐을 하게 되고, 우리 학생들을 보면서도 더욱 확신을 가집니다. 물론 젊은 나이의 몸과 마음이란 유리한 지점이 있고 성공경험들을 수업을 통해 쌓아올 수 있었고, 수많은 지원과 지지 속에서 자랄 수 있었다는 잇점이 있기는 하지요. 어찌되었든 작은 성공경험들, 임계치를 넘는 도전들 속에서 변화하고 성장하는 속도나 그 수준은 놀라울 정도이니까요. 일정 시간을 넘으며 몸과 마음, 정신의 튼실함이 우리를 능가하여 본이 되는 경우들을 보게 되니까요. 물론 '완성'이란 기준은 없겠지만, 그것을 상정해놓고 본다면야 늘 부족하겠지만요. 언제나 그 모자람이 있기에 내일이 있겠지요. 우리 역시도 지난 날의 어려웠던 순간들을 중요 지점으로 삼아 깊은 성찰과 바른 지표로 재설정한다면, 매우 깊어지고 커지게 될 겁니다.
역시 성장 마인드셋, 긍정 마인드셋의 관점이 있다면요..

서로 지지하고 격려하는 소중한 관계를 만들며

관계는 울림입니다. 서로를 바라보고 들어주며 지지하는 사이에서, 우리는 비로소 존재의 안정과 용기를 얻습니다.

여기에서 꼭 언급하고 가야 할 부분이 있습니다. 그건 다름 아닌 '서로 지지하고 격려하는 관계'입니다. 앞에서도 언급하였듯이, 거래와 기여의 측면에서 살펴보았듯이 개인적으로 혹은 팀을 운영하거나 기업을 경영하거나 간에 이 둘의 균형을 찾아가는 노력이 참 중요한 거 같아요. 그래서 서로 기여할 수 있는 관계, 지지하고 격려해주며 정서적인 순화를 주는 관계를 소중히 여기고 만들어갈 수 있다면 생애의 힘을 크게 배가할 수 있을 겁니다.

그것을 가까이서 팀이나 조직에서 나눌 수 있다면 가장 크게 힘을 얻을 수 있겠지요. 설혹 그렇지 않더라도 아낌없는 정서적 지지와 감싸안 아 주는 마음을 나눌 수 있다면, 가야 할 길이 힘들어도 갈 수 있는 힘을 얻게 될 거로 봅니다. 그래서 가족의 긍정적인 면이 있는 거겠고, 가족과 같은 정서적 유대감이 필요한 이유겠지요.

그것을 서로 간, 커뮤니티 내에서 형성해갈 수 있다면 앞으로의 삶에서도 크게 힘이 될 거에요.. 사람은 본디 소속감을 가지고 싶어하고, 사회가 날이 갈수록 흩어지게 하는 요소들이 많아지기에 더욱 힘써 노력하면 좋을 부분이란 생각이 듭니다. 개인의 의지와 노력도 중요하지만, 주변의 정서적

지지와 건강한 환경은 역경 극복을 한층 쉽게 만들어 줄 거에요. 사회가 다변화되고 변화가속도가 심해지는 와중에 있습니다. 더욱 나아가는 방향으로 힘이 되어줄 관계를 잘 구축해가는 게 절대 필요한 때이기도 합니다.

혼자서는 어렵지만, 함께 힘을 보탤 때 그 힘은 둘보다 훨씬 커지고, 그 이상의 힘이 모이면 상상 이상의 힘을 분출하며 갈 수 있더군요. 시너지를 보입니다. 이 힘이 절실히 필요해지는 시대를 맞고 있지요. 그래서 거래의 개념이 중요하단 생각도 드는군요. 자신을 개선하고 성장시키는 노력 속에 함께 시너지를 내는 관계를 건강하게 만들어갈 수 있을 거 같거든요.

주변의 정서적 지지와 건강한 환경이 역경 극복을 한층 수월하게 만들어주기에 중요한 요소로 꼽습니다. 어려움을 느끼는 중에도 더 과감하게 임계치에 도전할 수 있는 힘이 되겠지요. 또 연구에 따르면 긍정적인 사회적 지원은 스트레스에 대한 회복력을 높여주고, 심지어 트라우마 후에도 정신질환을 예방하는 보호효과를 준다고 하네요. 격려와 조언을 통해 어려운 상황에서 희망을 잃지 않도록 해주고 문제 해결을 위한 실질적인 도움을 제공하는 겁니다. 앞으로 나아가는 힘 뿐만이 아니라, 실패조차도 내일의 힘으로 축적할 수 있게 하는 힘이 되네요.

우리에게 있어서 이 관계의 소중함을 더없이 알 때입니다. 이러한 심리적 안전망을 만들어가는 노력을 꼭 해가야겠어요. 그러기 위해서도 스스로 건강한 몸과 마음, 정신의 힘을 갖춰가는 노력이 함께 가야 하는 거겠고요. 이러한 관계, 커뮤니티를 함께 만들어가는 노력도 매우 중요하게 여겨야겠어요.

환경적 요인을 통해서 개인이 시련과 역경을 성장으로 전환시키는 과정을 촉진하거나 억제할 수 있으니, 건전한 풍토 조성이나 도전을 격려하고 장려하는 풍토를 함께 만들어가는 것이 중요하겠어요. 우리 각자가 서로에게 격려와 조언, 포용하는 환경이 되어주는 것도 매우 가치로운 삶임을 인식하고 그렇게 노력해가는 것도 의미있고 보람있는 삶이 될 겁니다.

자문하는 철학적 물음

- 성장은 단지 결과가 아니라 '어떻게 바라보는가'의 문제라고 했습니다. 여러분은 '성장에 대한 마인드와 태도'를 어떻게 가지고 있는지요? 또 어떤 성장을 하고 싶으신지 한번 살펴보세요.

- 생명은 '임계치'를 넘으며 성장과 진화를 한다고 봅니다. 여러분은 인생에서 그런 경험이 있으신가요? 아니면 아쉬움과 후회가 깃드는 때가 있으신가요? 내일의 '성장을 위해 임계치'를 넘는 게 중요하다고 느끼시나요?

- 삶을 성공으로 이끄는 데 필수 요소가 무엇이라고 생각하시나요? 삶의 중심잡기와 스스로 사랑하기는 필수 요소라고 하는데, 여러분은 이에 대해 어떻게 생각하시나요? 아니면 여러분에게 필수 요소로 받아들여지는 것에는 무엇이 있나요?

일상의 작은 실천

- 몸, 마음, 정신의 근육 기르기와 지성을 위해 어느 영역에서든 작은 시작을 해 보면 어떨까요? 시작점에 무엇을 세워보던 좋을까요?

- 나의 나무는 어떤 특성을 가진 나무로 세우고 키워가면 좋을까요? 소나무? 참나무? 벚꽃나무? 그처럼 여러분만의 나무로 잘 키워 가실 수 있게 생각해 보는 시간을 가져 보세요.

새로운 출발선에 서서

글을 쓰는 과정에서 많은 것들을 다시 돌아보게 되고 사유하게 되었습니다. 소중한 작업이라 생각합니다. 나의 생각이나 정서적인 면이 가다듬어지고, 여러분 덕분에 제 자리를 다시 돌아보게 됩니다. 내가 결단했던 삶의 가치와 자리에 대해 다시금 힘과 용기를 내어 길을 가보자 생각하게 됩니다. 저를 돌아보면, 일관되게 내면의 울림을 따라, 나다움의 삶을 위해 열정어리게 달리던 시절이 있었던 반면에, 여러 시련이나 역경을 겪어 좌절하고 아파하던 시간들도 있었으며 그로 인한 성찰이 되는 시간도 있습니다. 그렇지만 역시 중요한 건, 모두 나란 존재에서 비롯된 것이라 여기게 되며 그런 이유로 더 자신을 변화시켜가야겠다는 인식을 하게 됩니다.

이 책 속에 담긴 내용들은 어느 해인가 자신을 일으키고 사색하는 데에 사용했던 생활훈련의 내용들이기도 하고, 생애 기획은 나의 생애에 귀한 결단을 할 수 있게 하여 주었습니다. 그리고 실천하는 과정 속에서 깨달은 바나 성찰되는 바도 많았습니다.

학생들과 함께 한 긴 세월 속에서는 어떤 조건과 마음가짐, 태도를 지닐 때 성장에 유리한 지에 대한 걸 볼 수 있었습니다. 또 인간의 본성을 들여다보게 되는 순간들도 있었고 하나일 때보다 둘 그 이상일 때 배가되는 힘을 발휘한다는 걸 입증해 주었습니다. 또 작은 연못 주위로 모여앉은 아이들의 행복한 표정, 자연과 함께 하고 동물과 함께 하는 순간들이 얼마나 인간 본연의 모습을 찾는 데에 소중한지도 아이들의 모습에서 찾을 수 있었습니다. 또 팀웍의 중요성, 그것을 어떻게 형성해갈 수 있는가 하는 점에서도 배운 바가 컸습니다.

인간에 대한 여러 사유와 경험을 할 수 있었고, 많은 부분 가능성을 지켜보며 확신하게도 하였습니다. 하지만, 사람들의 변화와 성장을 위해서는 일정한 시간과 에너지가 필충조건으로 많이 필요하며, 그것은 교육 주체들의 합일된 실천적 노력에서 가능하겠다 생각하게 됩니다. 어느 한 존재가 관망하듯 하고, 훈수두듯 해서는 안 되는 일이며, 각자의 자리에서 '자기 교육'을 게을리하지 않아야 하고, 자신의 생각과 마음, 행동을 가치롭게 가다듬는 일과 연결할 때 다른 이들의 변화와 성장도 가능하단 깨달음이 큽니다. 각자의 자리를 비추며 엄마로서 교사로서, 나 자신을 지도하고 훈련해야 할 의무가 무엇보다 크다는 진실을 보게 됩니다.

이 책을 읽으면서 삶의 새로운 시도와 도전을 해보아야겠다는 마음, 자신을 향한 관심과 대화로 나다움의 삶에 대해 한 걸음 내딛고자 하는 의지와 힘을 얻을 수 있었다면, 매우 감사할 일입니다. 그럴 수 있기를 바라는 마음이기에 제 자신도 더욱 힘을 축적하여 새롭게 나아갈 수 있게 하여야겠다 마음 먹게 됩니다.

저는 인간이 자신의 존재가치를 잘 발휘하여간다면, 우리 삶의 터전인 지구의 위기에 새로운 내일을 걸어볼 수 있겠다는 희망을 아직 가지고 있습니다. <매거진 B> 조수용 님의 이야기를 들으며 수긍하였던 기억이 나네요.

"나다움을 찾는 행동은 이타적으로 드러난다. 나 혼자 잘되고 싶은 마음으로는 나다움이 생기지 않으며 누군가를 도울 때 나다움이 생긴다."

인간이 지구별 생태계의 여러 생명의 진화과정에서 태어난 것처럼 그 울타리 안에서 상생적으로 함께 살아가려고 한다면, 진정한 인간의 가치와 그 면모를 볼 수 있으리라 생각도 합니다.

자신의 삶을 확장하여 가면서 나다움들 다양하게 발견해 가실 수 있기를 바라며, 진정한 삶의 활력이나 행복감도 키워가시길 바랍니다. 많은 관계가 상호 연결되어 있어 영향을 미치게 되니 그런 연결성에 대해 인식하여, 앞으로의 삶을 대비할 수 있기를 바랍니다.

그런 점에서도 여러 면에서 '해보는 것'이 중요합니다. 새롭고 낯선 부분들에 자신을 노출시켜 시도와 도전을 할 수 있는 우리가 되길 바랍니다. 이런 것들이 자신의 다움을 발휘하고 살아나게 하는 길이 될 것이고, 다양한 삶의 위기 앞에서 생존력을 키우는 길이며, 그렇게 길러지는 자신감으로 생을 새롭게 열어가는 힘으로 자라게 될 거라 믿습니다.

모두 각자의 삶을 충실하게 만들며 가꾸어가도록 합시다.

글을 마디맺음하며 저 역시 한 시기를 마디맺고 새로이 출발선에 설 수 있기를 기대합니다. 제 안에 여러분이 함께 합니다.

숲 속에서 아이들과 함께 한 15년의 여정에서 찾은

'흔들림'의 철학

지은이 ㅣ 이현미(자림)

펴낸곳 ㅣ 마인드큐브

펴낸이 ㅣ 이상용

책임편집 ㅣ 홍원규

디자인 ㅣ 너의오월

출판등록 ㅣ 제2018-000063호

이메일 ㅣ eclio21@naver.com

전화 ㅣ 031-945-8046

팩스 ㅣ 031-945-8047

초판 1쇄 발행 ㅣ 2026년 1월 30일

정가 ㅣ 19,000원

ISBN ㅣ 979-11-88434-97-8   03800